B杜极短篇故事集（201～300）

A WORD TO THE WISE (TALES 201~300 IN SIMPLIFIED CHINESE CHARACTERS)

B杜

British Library Cataloguing-in-Publication Data. A CIP catalogue record for this book is available from the British Library.

ISBN 978-1-913080-75-4 (ebook)
ISBN 978-1-913080-74-7 (print)

For my Family

（201）

听说有人从海的另一边过来，村里人围着他问东问西。

"海的另一边富到流油，住的像皇宫，地上全用钻石铺成。还有，那里的人每天吃五餐，餐餐都是龙虾、鲍鱼、鹅肝、松茸……等，水果都是咬一口就扔。"那人答。

"治安好不好？"有人问起。

"大家都有钱得要命，即使看到地上有黄金也懒得捡，你说治安能不好吗？"

这个人及其背后的故事是如此精彩，家家户户抢着接待，好酒好菜侍候着，但天下无不散的宴席，当告别的时候到来，孑然一身的阿庆鼓起勇气问：“我能不能跟你一起到海的另一边见识见识？”

那人听完很为难，但拗不过村里人的起哄，只好答应。

几年后，听说阿庆从海的另一边回来，村里人围着他问东问西。

“海的另一边富到流油，住的像皇宫，地上全用钻石铺成。还有，那里的人每天吃五餐，餐餐都是龙虾、鲍鱼、鹅肝、松茸……等，水果都是咬一口就扔。”阿庆答。

“治安好不好？”有人问起。

“大家都有钱得要命，即使看到地上有黄金也懒得捡，你说治安能不好吗？”

阿庆及其背后的故事是如此精彩，家家户户抢着接待，好酒好菜待候着，但天下无不散的宴席，当告别的时候到来，阿庆鼓起勇气问：“我能不能待在村里别回去了？”

（202）

由于世界未臻完美，帕朗决定不生育，以免祸害子孙。

刚开始只是他个人抒发己见而已，没想到帖子一出，群起响应，原来有同样想法的人还真不少，转发量过千万。

阿佛国政府一看不行，马上逮捕帕朗和作乱分子，可是此举非但没能提高生育率，反而惹怒年轻人，他们纷纷实践"不生育"来做无声抗议。

半个世纪过去后，世界仍未臻完美，而更加不完美的是阿佛国人单势孤，引起周边国家的觊觎，战火四起……

"作孽呀！"已是古稀之年的帕朗猛摇头，"小伙子，我的视力不好，怎么开枪？"

"不用开枪，反正里面没子弹，让你们拿枪是为了能死得有尊严些。"那个年过半百的"小伙子"答。

Mei在美国大学读社会学专业，课堂上，教授提到S国无言论自由。

"我不同意，S国绝对有言论自由，因为我正是来自那个国家。"Mei说。

一番唇枪舌战下，教授承认自己有盲点，很高兴能与S国的人民做交流。

全程观战的Ben被Mei的勇气与辩才所折服，下课后，他邀Mei一起喝咖啡。

Mei也不扭捏，立刻接受邀约。

在咖啡厅里，他俩有一段快乐的时光，直至Ben提到S国那杀人不眨眼的已逝总理。

"嘘！别说了，"Mei脸色大变，"小心隔墙有耳。"

"嘘！别说了，"Mei脸色大变，"小心隔墙有耳。"

明知道马姐和王姐不和，小萧还是到马姐那儿咬耳朵："嘿！听说王姐的女儿要到美国留学了。"

马姐冷哼一声，答："也不知道上的是哪所野鸡大学。"

结果小萧一转身，把话传到王姐耳朵里。

"切，她女儿复读两年才上了一所三流大学，还好意思说我女儿？"王姐立刻反驳。

你若问小萧为什么要挑拨离间？其实也没什么，闲来无事，她就想恶心人。

母鹿在大草原上生产，它的眼睛余光看见了危险，一产下小鹿便全速跑开。没办法，大自然的残酷让它不得不先保全自己。

刚下地的小鹿好不容易才站直了身子，迈着还不稳健的步伐向母狮走去，嘴里喊着："妈妈，妈妈……"

不久前才历经丧子之痛的母狮立即母爱爆棚，它决定把小鹿当成死去孩子的替代品。

在母狮的照料下，小鹿一天天地长大，现在已是一只健壮的成年鹿。

这一天，当"母子俩"在草原上追逐嬉戏时，不巧被猎人看见了。

"这只鹿的花纹真美，如果被狮子吃掉就太可惜了。"猎人边想边拿起猎枪瞄准狮子。

第一枪没打中，让母狮心生警觉，赶紧回头催促鹿儿子快跑，结果这么一蹉跎，错过了逃跑的最佳时机，不幸中弹身亡，血迹溅上一旁的花鹿。

这下子鹿皮上的血迹还得清洗。

猎人边懊恼边拿起枪，下一步便是瞄准鹿头。哪知就在这个当口，花鹿反扑上去，一口咬住猎人的脖子，顿时血流如注。

猎人临死前想着："哎！都怪阳光太刺眼，害我把狮子看成鹿了。"

漂亮国的教育闻名遐迩，佛佛大学更是执世界之牛耳，不仅全球学子趋之若鹜，本国尖子生也以它为奋斗的目标，然而这么令人仰止的学术殿堂却保留5%的名额给落后国家的学生，实在让人费解。

此令一出，反对最烈的当属漂亮国的教育部长，他一向秉持公平公正的原则，是一位刚正不阿的人。

然而国务卿的态度却很令人气馁，他认为这是政治决策，既然已经上升到这个层面，就无所谓是否公平合理。

几十年过去后，当初"插队"入读佛佛大学的学生们，回国后陆续担任国家要职，在做决策时，无不向漂亮国倾斜……

"假的！"卓倩愉指着网上新闻，"我不信读个大学会有这么大的魔力。"

她的老公牛头不对马嘴地答："我听说法国A大的文凭很水。"

卓倩愉大为光火，质问谁说的？当年她眼睛都快读瞎了，这样的文凭哪里水了？

"我还听说法国快不行了，在国际上根本说不上话。"她的老公继续补刀。

"是谁这么枉口嚼舌？法国好得很！经济实力雄厚，武力强大，社会还稳定，我没看过比它更好的国家……"

（207）

头条文章：天体物理学家英格曾经表示人类生活在一个虚拟的世界里，所见所闻都是假的。换言之，我们不过是计算机中一段设定好的程序，也像是电脑游戏里的虚拟人物，只是我们不知道冥冥之中还有个玩家在操纵我们的一切……

袁平的目光离开手机屏幕，仰天呐喊："喂！控制我的玩家，你把我往死里整，有意思吗？快！给我充点儿钱，让我也能成为超级角色。"

（208）

很久很久以前，某个偏远地区存在着七人恶霸，他们长期欺压百姓、强取豪夺，当中为首的更是罄竹难书，虽然家中已有抢娶而来的美娇娘，但仍奸污人妻，甚至连未成年的小女孩也不放过。

面对如此恶人，平民百姓无不期望地方知县能有所作为，但事与愿违，可怜的匹夫匹妇只能任人宰割，苦不堪言。

几百年过去后，那七人轮回转世成为一家人，父亲是瞎子，母亲智障，五个孩子中除了老大正常外，全部残疾。

虽然生活困难，但一枝草一点露，在相互扶持下，这家人度过了重重难关。

转眼到了老大该娶亲的时候，他看中的是一位大家闺秀，其父母当然不同意这门亲事，但女人执意嫁入，婚后才发现自己上了贼船，可惜为时已晚。

某天，早生华发的女人经过寺庙，一位高僧喊住她，告诉她前世所导致的因果循环。

"这不公平！前世我是被强娶的，怎么今世还摆脱不了厄运？"女人愤恨地说。

"不，被强娶的那位已经跳出轮回，妳是那位知县呀！"高僧答。

（209）

简明逊想自杀已经不是一天两天的事了，他甚至买来《自杀的100种方法》加以研究，最后决定使用其中一种"死有重于泰山"的方式。

为了达到目的，他花费半年的工夫混成小弟，又花费一年的工夫成为大毒枭的随从。当大毒枭决定在码头完成交易时，简明逊心想机会来了，他自告奋勇担任先锋。

"好样的，"大毒枭拍拍他的肩膀，"我没看错你。"

简明逊的计划是当他挟带毒品走向买家时，趁机将毒品扔进海里，如此一来，买卖双方都会对他开枪，达到身亡的目的。

主意一打定，他大步流星地往前走去，看准时机后，他用力将装满毒品的手提箱往海里一扔，同时闭上双眼，准备接受万发子弹的袭击……

谁能想到枪声是响了，他却被一股力量给拉向买家后方，避开了死神。

枪战结束后，有人问起他的代号。

简明逊想了想，回答：" 没有代号。"

那人转头问：" 王警督，我们的线人里有没有'没有代号'这个人？"

（210）

自从参加高中同学会之后，何允东便如鲠在喉，想当初自己次次班级第一，后来还考上京城的最高学府，一时风头无两；反观胡军涛，他那会儿还不知在哪个复读班里窝着。没想到二十几年过去后，自己才混了个小官，而胡军涛却成了上市公司老板，这口气怎能吞得下？

几天后，胡军涛单独约何允东见面，酒过三巡后，他提到他的公司想拿块地，不知何允东能否帮忙？

"真帮不上，我是管交通的，八竿子打不着。"何允东答。

"交通？那么高速公路休息站的建设……"

"那也不归我管，我管的是市内交通。"

"市内交通好，地铁施工不也得招标，你看……"

"我管公交这一块。"

"公交最接地气，地铁不到的地方全靠它。我正想在房地产业务外再搞点儿别的，也许……"

何允东发现不论他怎么闪躲，昔日同窗总有办法另辟蹊径，最后竟然连他的身边人也不放过。

"听说你的小姨子在证交所上班，哪天认识一下，也许彼此有用得上的地方。"胡军涛接着说。

何允东不无感慨地表示怎么学生时代没发现胡同学是个人才？

"如果一个人投篮投了一万次，最后进了两球，另一人投篮投了十次，最后进了一球，你说谁是人才？"胡军涛反问。

何允东心想原来忙活了半辈子，自己才投了十球。

（211）

春娇和志明去印尼旅游，他们遍寻一个景点不着，体贴的志明自告奋勇去询问当地人，让春娇原地休息。

由于印尼人的英语普遍不好，他一路问过去，好不容易才遇上一个会说英语的人，可是志明却高兴不起来。

"怎么了？没问到吗？"春娇问志明，因为后者看起来闷闷不乐。

"问到了，可是跟没问到差不多。"志明哀叹一声，"那个人说往反方向走，当看到芒果树时右转两百米会看到龙眼树，此时再左转五百米就到了。"

"谁会知道芒果树和龙眼树长啥样呢？"春娇喃喃道。

"就是说嘛！这里的人简直奇葩，竟然用果树当路标。"

当他俩依着路人的指示往前走时，赫然发现路旁的果树无不硕果累累……

陆勋是个凤凰男，平常囊中羞涩，买给女友小枫的礼物无非一些便宜货，像是编织手环、发夹、书签、T恤……等，可是他却很舍得买零食，一买就是好几包。

小枫是易胖体质，这些薯片、饼干、蜜饯、花生……等，吃完极易长肉，所以她不介意把男友的爱心分享给室友。

升上大三后，小枫在社团里认识了一位条件极好的学长，陆勋立马被比下去。当她把自己的心思告诉室友时，没想到得到的是一致的反对声浪。

. . .

"陆勋多好呀！有才又有貌，妳打灯笼都找不着。"

"没错，妳是人在福中不知福，如果陆勋是我男友，半夜都会笑醒。"

"妳说的那个学长，一看就很招桃花，别自找麻烦了！"

......

室友们妳一言我一语的，害小枫举棋不定，加上"有人"告密，男友更殷勤待她，最终小枫又回到陆勋身边。

"哈！养兵千日用在一朝呀！"陆勋得意地笑了。

画家毕卡索刚在艺术圈闯荡时，一幅画也卖不出去，不过他没坐以待毙，而是选择创造机会。首先，他雇人到各大画廊询问有没有毕卡索的画？久而久之，吊起了画廊老板的胃口，等时机成熟后，毕卡索便带着自己的画作上门，很快便完成交易……

汤明辰听说这个故事后，灵光一闪，自己何不如法炮制？于是他雇用水军炒作自己，等差不多了才把稿子投给各大出版社，果然很快就和其中一家签约。

"哈！还是得效法前辈的睿智，否则何时才能出头？"他心想。

然而书出版后，销量却凄惨无比，出版社老板的脸臭得老远都闻得到。

这个结果并不是汤明辰想要的，但又能如何？他的所有积蓄全投在前期炒作上，现在已经没钱做后期炒作了。

（214）

听说相亲对象是个城里人，还是个大学毕业生，左桂花亦喜亦忧，喜的是对方不嫌弃她的出身；忧的是自己只有小学文化，怕和对方有代沟。

"这是罗森林，目前在林务局上班，月收入一万。"媒婆介绍男方。

左桂花的家里种田，家庭年收入只有三、四万，没想到对方一个月就能挣一万，实在太厉害了！

媒婆介绍完双方，很快便找了个借口离开，害左桂花一时手足无措。

短暂的沉默过后，罗森林问起左桂花平常都做哪些消遣？

"唱歌，你呢？"

"看书，最近我在读孔子的《道德经》。"

"我知道孔子，至圣先师嘛！可是他写的不是《论语》吗？"

罗森林摇摇头，答："《论语》不是孔子写的，而是他的学生孟子写的。"

原来是孟子写的，这下子左桂花豁然开朗，还是大学生有学问。

（215）

年关将近，郭老板却没钱发工资。想到员工也需要过年，他咬咬牙，借了高利贷，同时告之这笔钱的出处，以为他们会有感恩之心，更加效犬马之劳，结果假期一结束，郭老板面对的是一室的冷清，把他惊得说不出话来。

反观张老板，他也没钱发工资，但早早给员工们打了预防针，公告栏上是这样写的：上游厂家积欠本公司货款，老板已经飞去当地讨债，预计新年过后回来。

结果假期一结束，所有员工都回笼了，一个也没少。

（216）

索伊城久攻不下，今天已是第15天，眼看补给就要告罄，接下来是继续围攻还是打道回府？大家正等着将军做决定。

"先吃饭，吃完饭再说。"将军气定神闲地答。

开饭时，将军不见踪影，当他再度出现时，非常笃定地下令进攻，结果当晚便攻下索伊城，大家无不佩服他的睿智果敢。

正当众人欢欣鼓舞地饮酒庆祝之时，勤务兵进到将军的营帐内打扫卫生，赫然发现地上画了个靶子，内圈有6颗豆子，外圈有 3 颗豆子，另外还有十几颗豆子散落各处。

，外圈有 3 颗豆子，另外还有十几颗豆子散落各处。

（217）

钻石国盛产钻石，人民应该很富足才是，然而适得其反，这个国家被少数白人所把持，大部分的黑人还是一贫如洗。

梅根是反种族歧视者，她呼吁同肤色的同胞一起反抗不公。由于她的积极参与，有人甚至提议将她送上总统宝座。

某天，梅根发现自己的身上出现大小不一的白色斑点，后来被医生诊断为白癜风。

"最坏的状况是什么？"她问医生。

"鉴于妳的患部不发痒，最坏的状况便是全身有大范围的白斑，只能靠浓妆来遮掩。"医生答。

思前想后，梅根决定不治疗，同时反其道而行（所有能让白斑快速扩张的途径，她一一实践），很快全身便有大面积白斑。

"太好了，不是吗？"梅根边想边替憎恨的黑色部位抹上一层又一层的白色粉底液，"有了白皮肤，谁还稀罕总统宝座？"

（218）

黄伯元来自农村，学费是家里东拼西凑借来的。相形之下，同班同学小覃的经济状况要比他好太多，不仅开车上学，平常也出手阔绰，尤其还不势利，黄伯元很喜欢和这样的人交朋友。

这一天，他们物理系的男生又办联谊，约的是中文系的女生。

前几次盛情难却，加上不愿被贴上"不合群"的标签，黄伯元勉为其难地参加了，可是到了平摊费用的时候就不免尴尬，还好小覃都悄悄帮他付了，让黄伯元很是感激，心想一定要找个机会好好报答他。

"亲爱的男同学们，请把这次的联谊费用100元上缴，多多益善，上不封顶，谢谢！"发起人小韩说。

当小韩来到黄伯元面前时，小覃一个箭步上去，扔下200元，说："别跟他要，一向都是我在付。"

小覃说者无意，但对自卑的人而言却是杀伤力十足，两人从此结下梁子。

毕业后的第一次同学会上，黄伯元和小覃依然形同陌路，到了分摊费用时，小覃大声地表示自己没钱。

"别跟他要，我付！"黄伯元豪气地说。

从此，两人冰释前嫌。

（219）

青峰和阿文策划抢劫，金子是抢到了，却被警察团团包围住，不得不退到一个小房间里商量对策。

"看来只能利用人质了。"阿文说。

房间角落蹲着五个人，全是金店店员。

他们的计划是让那五人当人肉盾牌，只要上了车，凭阿文的高超驾驶技术，肯定能逃脱。

然而人算不如天算，五人当中有四人试图逃跑，全让阿文给击毙，他们挟持最后一名人质退回到小房间内。

"完了，"青峰万念俱灰，"既然跑不掉，不如把人质放了。"

"切，杀四个人是死，杀五个人也是死，我不介意多杀一个垫背。"

青峰心想不对，他虽然参与了抢劫，但从头到尾未伤一人。阿文是可以破碗破摔，他不一样，只要将功补过，应该还有活路。

于是当阿文举枪欲杀掉最后一名人质时，青峰扑上去和他扭打在一起，混乱中，手枪掉落至地上。

"碰"的一声，鲜血从阿文的胸膛喷了出来。

青峰惊呆了，等回过神来，他对手持枪械的"人质"说："小伙子，我是为了救你，你都看到了哈！"

话甫歇，第二声枪响，青峰的脑门中弹。

当警察冲入房间时，那两人已经回天乏术。

开枪的男子叫大春，据他描述，那两名抢匪后来发生内讧，他趁机夺走手枪，击毙作恶多端的两人。

他的自卫行为普遍被理解与接受，不仅警方没有为难他，大众还将他捧上神坛，着实火了一把。

现在的大春在网上拥有十几万粉丝，一次带货至少能赚进万把块钱，相比从前，简直好太多。如果当时饶了青峰一命，际遇就完全不同了，崇拜和同情向来是两个级别，不能相提并论。

（220）

3₁₃房第四床的病人已经入院好几个月，病情时好时坏，哪知今晚急转直下，即使打了强心针，危急值依然很高。

"医生，我们问过神明，父亲拖不过中秋，如果……我们可以理解。"病人家属说。

今天是中秋节，按"神明"的说法，病人将在两个小时内病故，这激起郝医生的斗志，他想和神明搏一搏，于是转身进抢救室继续抢救。当时间跨过午夜时分的那一瞬间，郝医生简直太舒爽了，他终于战胜天命。

等病人移至观察室后，其家属将郝医生团团包围住，问："照顾植物人的费用谁出？"

太太想买一台X牌的笔记本电脑，第一家标价5000元。

"便宜点儿。"金太太说。

"最多打九五折，再便宜就没得赚了。"商家说。

她来到第二家，同样的电脑标价5300元，但现在在做促销，会赠送一部价值600元的手机。

金太太已经有手机了，她不需要两部（何况赠品还是个便宜货）。

当她来到第三家，老板说4500元，但眼前这台是展示用的，要全新的得调货，问她愿不愿意等半小时？

金太太答没问题，然后在店里晃悠。

没多久，老板走过去对她说："其实X牌没有Y牌好，容我介绍一下。"

"不用了，我就喜欢X牌。"

"Y牌现在在做促销，只要3900元，而且赠送两年保修。"

"那……看看也好。"

金太太最后买走了Y牌笔记本电脑，忘了她原本想买的是X牌。

噢！对了，其实这家店只代理Y牌。

（222）

一位农场主认为邻近工厂排放的废气让他的老婆产下智障儿，一怒之下，将其告上法庭。

法官没采信，因为两者没必然的关系。

败诉后，有人劝农场主搬离，他不听，反而在更靠近工厂的地方盖了一栋小木屋，让自己二度怀孕的老婆居住，果然第二胎又是智障。

这次法官判工厂侵权，除了整改，还得做出经济赔偿。

最终，农场主得到正义、赔偿款和……"两个"智障儿。

刚嫁入皇室的二王妃因穷奢极侈的作风，没少被国民批评；反观大王妃，穿的是小众品牌，坐的是公务车，连手机用的都是老款。

二王妃很不平，明明每个月的拨款都没超支，凭什么挨骂？还有，大王妃既然这么节俭，钱都到哪里去了？

这个答案很快在家庭聚会中有了体现，二王妃认出大王妃身上的那件衣服，当时因超出预算没敢买，谁能想到一转眼就被大王妃给买走了。

从此二王妃仿佛变了个人似的，当她以节约的模样出现在公众面前，并且接受他们的诚挚欢迎和掌声时，心里想的却是："这帮人可真愚蠢，以前纳的税起码还看得见，现在看不见了也不起疑，活该只能当平民！"

（224）

约瑟夫是绿色小镇上最恶劣的杀人犯，总共有265位受害者惨死在他的刀下。

当行刑者砍下约瑟夫的头颅时，大家无不欢声雷动，受害者家属更是流下欣慰的泪水，所以当其中一位"死者"毫发无损地出现时，所有人都惊呆了。

"我只是不告而别，不明白约瑟夫为什么会承认杀了我。"尼奥解释。

后来陆续又有九个人"复活"，法官说："即使少杀了十个，约瑟夫仍是有罪的，我没判错。"

自从机器取代人力后，大量的人口涌入工业城市，绿色小镇不再是香饽饽，以致居民宁愿相信傻子约瑟夫真的杀人了，也不愿接受昔日的繁华小镇已然没落……

45

（225）

农历新年快到了，阿明与阿志两兄弟决定灌几斤香肠应应景，灌好的香肠就挂在后院的竹竿上。

隔天，香肠不翼而飞。

阿明和阿志气坏了，但也无可奈何，只能重新再做。哪知做好的香肠再度失窃，"怒发冲冠"已不足以形容他们的愤怒。

两兄弟一商议，决定反击。他们买来毒鼠强，灌进新做好的香肠内，果然隔天又不见踪影（不过这次兄弟俩倒有解气后的痛快感）。

几天后，警察上门逮捕阿明与阿志，因为果叔家死了五口人，只有吃素的老人幸存下来。

"你们知道是果叔偷了香肠？"法官问。

两兄弟皆回答不知道。

"你们认为有人偷了香肠？"法官又问。

阿明很快答是，阿志却留了个心眼，回答："不是。我买毒鼠强是为了毒死偷走香肠的老鼠，乡下的老鼠可多了。"

最终，阿明被判二十年徒刑，阿志则免于牢狱之灾。

（226）

安迪的父亲在他很小的时候就已离世，母亲含辛茹苦将他抚养长大，直到八十岁高龄才仙逝。

做完母亲的头七，一位律师找上门来，告诉他一个惊天的大秘密。

安迪反复询问，这才确认母亲真的是个富婆，名下约有二十多套房产和八百万元现金，现在全归他。

朋友听闻后，无不向他恭喜，这下子他能辞掉月薪八千元的工作，选择在家躺平，可是安迪却开心不起来。

"妈的，过了大半辈子捉襟见肘的日子，临退休才知道自己原来坐在钱堆里，惨绝人寰也不过如此。"他想。

（227）

戴玉芳想着一定是怀孕期间看多了牛鬼蛇神的故事，以致生下一个怪胎，不仅说话口吃，个性也不讨好，和她想象中的小棉袄有天壤之别。

这一天，她带着已经五岁的女儿出门，一位街边算命师向母女俩招手，说："过来，我有天机泄露。"

戴玉芳很好奇，牵着女儿走过去。

"这小女孩看起来很聪明伶俐的样子。"算命师说。

"什么呦！话都说不利索。"戴玉芳反驳。

"妳太心急了，"算命师干笑两声，"我的意思是看起来，实际相反。"

"就是！"戴玉芳翻了翻白眼，"你说这孩子未来会好吗？个性畏畏缩缩的，我怕以后找不到婆家。"

算命师掐指一算，答："糟了，这孩子与妳相克，事实上她是索命来的，不过没关系，我有办法化解，只要五百元。"

对于每天只有10元菜钱的女人来说，五百元显然是个大数目。戴玉芳头也不回地拉着女儿走了，但算命师说过的话却从此刻在骨子里。

光阴似箭，日月如梭，转眼二十年过去了。

"端午节那天晚上，妳对母亲做了什么？"法官问。

"我……我……用……用枕头……闷……闷住她。"说话口吃的女人答。

"为什么？"

"她……老……老……打……打我……还……还……骂……骂……我。"

法官询问原告愿不愿意和解？死里逃生的戴玉芳不仅不同意和解，还希望法官重判，最好判个无期徒刑。

舆论对戴玉芳的"心狠"颇有微词，但她不在乎，对于索命的冤家，就该这么判！

（228）

法国一家新兴的酒庄正在全球找代理商，大中华地区有两位竞争者，一位是从事红酒销售长达三十年的唐先生；另一位则是初出茅庐的社会新鲜人小韩。

当酒庄总裁测试红酒知识时，唐先生答得头头是道，小韩却只能傻笑。

最后，总裁把长江以北的代理权给了唐先生；长江以南的则给了小韩。

有人认为酒庄总裁肯定瞎了眼，要不就是脑袋被驴踢了，否则怎会做出如此荒唐的决定？然而事实证明总裁并不糊涂，那两人的业绩不相上下，小韩甚至略胜一筹……

"爸，广深的生意已经上轨道了，接下来是二线城市。"小韩对父亲说。

小韩的父亲素有"南霸天"之称，人脉极广。

"你打算先从哪个城市入手？"他的父亲问。

"杭州吧！我还满喜欢那个城市。"

"杭州？我想想……对了，老鲍应该帮得上忙，待会儿我给他打电话。"

在那个动荡的年代里，能得到大学文凭实属不易，尤其黎潇读的还是名牌大学的英文专业，未来可期，可是他投简历的对象竟然只是一所普通中学。

面对中学校长的质疑，黎潇答："普通中学也能出人才，我愿意为教育资源相对一般的孩子们贡献一己之力。"

校长很感动，同时庆幸自己的学校终于有大学生肯屈尊。

黎潇后来便在这所中学待了下来。

这一天，有学生抱怨小老师乱批改考卷，譬如太阳的冠词是the，不是a。

"认为太阳的冠词是the的举手。"黎潇问全班。

有2/3的学生举手，于是黎潇果断撤换小老师，转由"告密者"担任。

新上任的小老师是这学期的第9位，谁又知道他的任期会有多长？所以他得加紧学习才能在这个位置上待得久一点儿。

由于学生们都抢着当英文小老师，黎潇教过的班级无不成绩斐然，于是校长要黎潇示范教学，好让其他老师借鉴。

黎潇推了几次都推不掉，只好接了下来。

到了示范教学那一天，只见一个小毛头畏畏缩缩地上台，连声音都是颤抖的。

"今……今天我们上……上简单句，简单句的基本句型分为五……五种，第一种是……"

在座的校长和老师无不诧异，纷纷望向本该站在讲台上的黎潇。

"没事，英文字母只有十来个，不难学。你们看，我的学生都可以开班授课了。"他答。

（注：英文字母有26个。）

（230）

Alice打算到纽约度周末，一上机便发现"邻居"是一名绑着麻花辫的小女孩，看样子是独自乘机，因为空乘人员走过来好几次，询问女孩是否OK？

飞机起飞后没多久，Alice便发现女孩有异样。

"妳是不是晕机了？"她问。

"没有。"女孩答。

"想不想喝杯水？"

"不想。"

于是Alice低头继续看侦探小说，她是阿加莎迷。与此同时，邻座女孩开始画画，画的是一个绑麻花辫的女孩，嘴里含着一根棍棒状物。

Alice读累后，指着女孩所画的棍棒，问：" 这是什么？ "

"那是爸爸。"

Alice连吞好几口口水后，接着问：" 妳去纽约见谁？ "

"爸爸，每个暑假我都要跟他一起住。"

" 妳开心吗？ "

小女孩摇摇头。

" 我能借妳的纸笔用一下吗？ "

小女孩点点头。

于是Alice在纸上画了一只怪兽，说：" 小时候我很害怕这个东西，这件事我只告诉妳。"

小女孩沉默了一会儿后，问：" 我也很害怕一个东西，能不能也告诉妳？ "

" 当然，亲爱的。"

芝加哥飞纽约只有两个小时的航程，当飞机降落后，空乘人员首先将小女孩带走，不出意外的话，警察已经在接机口逮捕准备接小女孩的人。

走，不出意外的话，警察已经在接机口逮捕准备接小女孩的人。

（231）

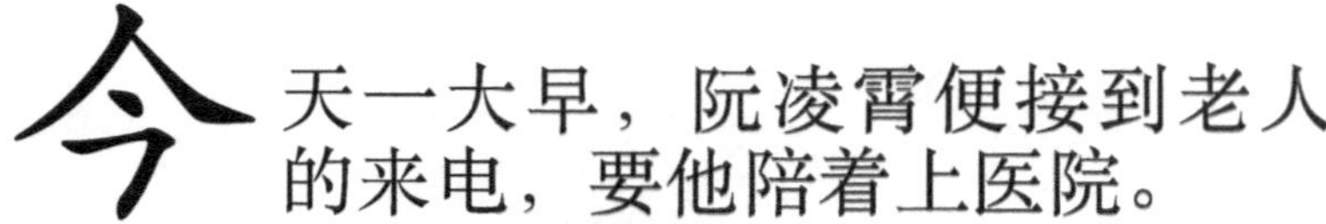

今天一大早，阮凌霄便接到老人的来电，要他陪着上医院。

好不容易看完病、付了费、领了药，他把老人送回家。离去前，阮凌霄不忘叮嘱："蓝盒是饭前吃，红盒是饭后吃，别搞混了。"

"知道了。"老人突然想起什么，"这个周六中午，记得过来和我吃饭。"

阮凌霄极不愿意周末还得跑那么一趟远路，但为了不伤老人的心，最后还是答应下来。

回家后，屁股还没坐热，阮凌霄又接到老人的电话，说老花眼镜跌碎了，要他陪着去配一付新的。

"好咧！这就来。"他答。

风风火火地干了一整天，阮凌霄上床时已接近午夜。

"你就不能换个工作？这样没日没夜地忙，搞得我像个活寡妇似的。"他的太太忍不住抱怨。

阮凌霄的工作就是时下流行的"共享儿女"，说白了就是个跑腿的，不同的是嘴巴得甜、会哄人，毕竟那些老人平常孤独惯了，花钱除了买服务外，还想得到温暖与关怀。

"珊，如果现在换工作，以前的努力全白费了。妳再等等，我的客户当中已经有人在写遗嘱了。"阮凌霄答。

Mona是橄榄国的原住民，碍于全民教育的规定，他不得不跟着"入侵者"的子孙一起学习他们的语言与文化。

某天，他臭着脸回家，母亲问他怎么了？

"语文课本上提到我们是砍头族，还砍掉一位好官的头颅，最后橄榄族以德报怨，宽恕了我们的罪行。妈，这是真的吗？"

他的母亲除了强调这不是事实及流泪外，什么也做不了。

长大后，Mona努力成为族代表，当愿望实现后，第一件事便是上议会要求将小学课本里的不实内容删除。

"你怎么证明这是不实内容？"有议员问。

"我们不砍头，更不会砍穿红色斗篷者的人头，因为红色在我们族里是神圣的颜色。"

"也许砍人者是色盲也说不定。"某个议员说。

此话一出，引来哄堂大笑。

Mona早有准备，把带来的书发给与会代表，人手一本。

"这是我们族里的新版小学课本，尚未发行。"他说。

与会代表虽然看不懂原住民的文字，但态度丕变，马上同意删除那篇让Mona如鲠在喉多年的文章，条件是这本新版小学课本永远不发行。

会议结束后，Mona的秘书问："我刚刚翻看了一下，那本书完全没提到橄榄族。"

"可见他们的祖先当年有多不是个东西！"Mona答。

万圻芳在瑞士的一家名表店工作，她是店內惟一会说普通话的销售。

与其他销售不同，万圻芳相当高冷，说白了就是"狗眼看人低"。然而即使接到投诉，经理看她的业绩不错，顶多"提醒"一下，这让她更加我行我素。

这一天，店里来了一位顾客，目光横扫了一下便向她走去。

"哪只是新货？"华人顾客问。

"都很新。"她答。

顾客把展示柜里的表全看过一遍，最后指着一只粉红色表带的表，说："给我看看这只。"

"那只要55，○○○瑞士法郎。"

"我没问妳多少钱。"

"最后不得问？我这是提前告知，免得……"

话说到一半的杀伤力更大，顾客连试都没试，直接让万圻芳打包，心想："哼！敢瞧不起我，我让妳尝尝肉包子打狗的滋味。"

靠着顾客扔的肉包子，万圻芳已经在房价高昂的瑞士买了两套房，就算是条狗，她也是一条快乐无比的狗。

（234）

有三个人在同一时间毙命，上帝问他们都为世界贡献了什么？

第一个人说他造了很多公共建筑物，几百年都不会倒。

上帝点点头，同意这的确是贡献。

第二个人说他写了能流芳百世的书籍。

上帝又点点头，同意这的确也是贡献。

第三个人说他赚了好多钱，有豪华别墅及私人飞机。

上帝说："归根结底，你只为自己和家人谋福利。"

"不，我还养活了员工及其家人，受惠人士起码好几万人。"

"那么谈谈被你坑掉的人数。"

"大概好几……十万人。"

"这是对世界做出贡献吗？"

第三个人胸有成竹地答："是的，我教会他们对人得有防备心。"

上帝无奈点点头，因为这的确也是贡献啊！

（235）

贺医生宅心仁厚，想当初就是为了救人才选读医科。

这一天，急诊室送来一位情况非常危急的患者，贺医生施救了两小时，最后仍回天乏术。

病人家属很失望，连道谢的话都没说。

胡医生为利是图，想当初就是为了赚钱才选读医科。

这一天，急诊室送来一位情况非常危急的患者，胡医生施救了两小时，最后终于将人从死亡线上拉了回来。

病人家属很激动，只差跪下来磕头谢恩。

胡医生要他们都别谢了，这是他应该做的，但心里想的却是："妈的，为了救一个老不死的，弄脏了我的鞋，赚的还不够我买双新的。"

（236）

郝导演对女演员来说是场恶梦，想在他的剧里谋得一个角色，要嘛带资进组，要嘛被潜规则，这已是公开的秘密。

某天，为人正直的张导演对郝导演提出建言："用人用其长，为了一个角色肯做如此牺牲，绝非善类。"

郝导演问张导演："你觉得我的长相如何？"

这个问题不难回答，郝导演长得尖嘴猴腮，外号叫"老鼠"，能好看到哪里去？

"长相嘛……还过得去，有比较大的改善空间。"张导演礼貌而不违背良心地表达自己的看法。

70

"这就对了！女演员甘心为了一个角色与长相欠佳的人上床，那得下多大的勇气和决心。更恐怖的是如果这次没火，还得继续陪睡，你说她们能不全力以赴吗？"

两个月之后，郝导演的妻子田云被评定为国家一级演员，再没多久，两夫妻劳燕分飞。

针对失败的婚姻，不知道郝导演心里是咋想的，但对于田云来说，前夫的作用除了"督促"她在事业上全力以赴外，没别的了。

（237）

小时候，彭威的母亲总告诫他要认真学习，否则长大后只能上炸鸡店打工。

彭威后来真的考上大学，母亲却要他半工半读，如果真找不到工作，那就上炸鸡店打工。

"怎么还上炸鸡店打工？我不是已经认真学习了吗？"他问母亲。

"那……那是暂时的，等你拿到大学毕业证书，大把的工作等着你挑。"

彭威后来真的拿到学士学位，但求职市场僧多粥少，一时没找到称心如意的工作。

在家躺平数月后，他的母亲旧话重提，要他不妨降低标准，如果还是找不到工作，那就上炸鸡店打工。

"怎么还上炸鸡店打工？我不是已经拿到大学毕业证书了吗？"他问母亲。

"那……那是暂时的，等你……"

二十多年后，彭威拥有两个博士学位，同时成为某炸鸡品牌的高级顾问。

"还是我妈高明！"他心想。

学校宿舍楼有门禁，明定晚上11点半关门，但宿管大叔太敬业，往往时间没到就上锁，让因事逗留在外的学生苦不堪言。

某晚，钟译23:15回到宿舍，发现门已经刷不开，很是着急。

同样被锁在门外的学长倒是不惊不慌，他用力拍打门板几下后，没多久，人出现了。

"怎么又晚归？"宿管大叔眉头紧锁，"老规矩。"

话音一落，学长立刻奉上素描一张。

"怎么没签名？"宿管大叔问。

"我现在就签。"

收下素描的宿管大叔很快让"纳贡者"通行。轮到钟译时，他表示自己是新生，画都在房间内，遗憾的是皆未完成。

"你是初犯，不知者无罪，但下不为例喔！"宿管大叔表现大度地说。

几十年过去后，当初默默无闻的莘莘学子们一个个在画坛上崭露头角，尤其是钟译，他的画作等闲也要好几十万元一幅。

这一天，电视正播放有关拍卖行的报导，钟译转头一看，屏幕上拍卖的不正是自己的早期作品吗？

"他奶奶的，这老傢伙不知黑了多少钱。"钟译心里骂道。

（239）

蓝月不喜欢参加聚会，但盛情难却，只能勉强赴约。席间都是一些富太太，穿金戴银的，她反倒显得清新脱俗。

"蓝月，说说妳的一儿一女吧！"有人提起，因为聚会中只有她是新面孔。

"他们都很普通，儿子是个销售，跟各个国家推销武器；女儿在家相夫教子，因为她老公忙着开采油田。"

富太太们面面相觑，后来又有人问起蓝月的老公。

"他也很普通，只是偶尔能跟总理说上两句。"她答。

聚会结束后，有人提议照张相，蓝月被推为C位。她不喜欢这样的安排，但又能如何？只能面对镜头无奈地露出笑容。

（240）

哈奇与里昂是电视台一档娱乐节目《欢迎来挑战》的主持人，两人的默契极佳，时而插科打诨；时而谈笑风生；时而一本正经，把节目炒得很火热。

这一天，电视台的节目经理分别与两人谈话，解释因种种原因，该节目的主持费打了八折，换言之，原来每集每人能赚20万元，现在只有16万了。

硬生生少了4万，哈奇当场拍桌子；里昂的表现则不一样，他说能理解制作方的难处，一切看公司安排。

当下一季来临时，人们发现《欢迎来挑战》的主持阵容变了，由里昂搭配一个穿西装的玩偶，一人一偶照样默契十足。久而久之，观众接受了这样的组合，有没有哈奇已经无所谓了……

噢！对了，玩偶的幕后操纵兼发声者是里昂找来的，一个刚出校门的小伙子，给他两万还嫌多，剩下的全入里昂的口袋里。

（241）

考大学那会儿，于紫佳表现失常，孙小莉硬是舍弃已经考上的理工大学，陪着闺蜜一起复读。这份情谊坚如磐石，就算是亲姐妹也未必能做到。

一年过后，双方皆考上杭州最好的大学。兴奋的于紫佳握住孙小莉的手，说："小莉，妳是我生命中的贵人，遇见妳是我一生中最幸运的事。"

孙小莉何尝不也这么想？自从认识了于紫佳，每天都有了早起的理由。

上了大学之后，孙小莉和于紫佳仍然焦不离孟，两人一起上课、吃饭、逛街、跑图书馆……等。于紫佳的喜恶，孙小莉全知道；孙小莉的心事，于紫佳也一件不落，如果不是那个男孩的出现，或许她们会一直这么幸福快乐地走下去。

"回答我，妳喜欢他吗？"孙小莉痛苦地问。

"左辰皓对我很好，我挺喜欢他的。"于紫佳答。

"妳为什么要瞒着我？"

"我认为这是私事，闺蜜再怎么亲密，也应该有自己的私密空间。"

这是于紫佳捅来的第二刀，孙小莉把所有事都告诉闺蜜，在她面前，自己就是个透明人，但于紫佳却有所保留，甚至认为理所当然，"杀人诛心"说的不正是这个？

感情一旦有了裂痕，很快就会从小裂缝变成大裂缝，终至无法挽回。为了哀悼已逝的闺蜜情，孙小莉决定干一件大事，让于紫佳一辈子都记住她。

"这是怎么回事？"于紫佳质问男友。

"我爱上孙小莉了，就这么简单！"

听到噩耗，于紫佳转身飞奔而去，肝肠寸断的哭声在空中回荡了好几秒钟。

"小莉，"左辰皓眉飞色舞地向她走来，"咱俩终于可以光明正大地交往了。"

"滚！"孙小莉答。

季晴走回宿舍楼，发现公告栏上贴着楼长的投票结果，朱婷宜果然以压倒性的票数当选（此乃实至名归），但平常兴风作浪的汤婕敏竟然也得到43票。

"哪来的43个蠢蛋？"季晴心想。

拿到下节课所需要的绘画工具后，季晴快步走向艺术大楼，她不想错过自己最喜欢的美术课。

半节课过去后，老师要大家先停笔一下。

"学校六十周年庆即将来到，我绘了两张海报，正拿不定主意，你们帮我看看哪张好？"说完，老师展示他所绘的海报，一张是写实派，另一张则是抽象派。

周年庆是热闹场面，当然选写实派，结果却大跌眼镜。

"哪来的25个瞎子？"季晴心想。

回到宿舍，有室友提起JJ就要来中国办演唱会，真令人期待！

"听JJ唱歌倒不如听海山唱。"季晴说。

"拜托！妳怎么会喜欢老男人？满脸坑坑巴巴不说，声音还低沉，像鸭子在叫。"章小菲答，另外两位室友频频点头。

鸭子的声音怎能算低沉？看来室友们的耳力堪虞。

季晴满脸不悦地离开寝室。等她一走远，三位室友开始吐槽："哪来的音乐白痴？"

（243）

威尔森是一名私家侦探，但凡家属找上他，代表案子很棘手。

"亲爱的，你怎么还不上床睡觉？"女人问。

说话的是威尔森的二婚太太，人长得漂亮，个性还温婉，而且遇事冷静不慌张，是个内外兼修的好女人。

"我接了个烫手山芋，已经彻夜不能眠好几天了。"他答。

"何不说来听听？"

于是威尔森把这个找不到凶器的杀人袭击案件告诉自己的太太伊莲。

"死者夜里死在自家公寓的楼底下，很可能有人算准他的回家时间，然后抛下冰块，重力加速度的结果，即使鸡蛋也能杀人，何况冰块？等天一亮，冰块融化了，所谓的凶器也跟着消失。"伊莲分析。

听起来合情合理，这是发愁多日以来，威尔森第一次有了笑容。

等伊莲回房睡觉去，威尔森收起笑脸，开始调查起自己的太太。

伊莲的前夫死得不明不白，至今仍是悬案，而且方才他叙述案件时并没有提到"自家公寓"，伊莲却自动补齐缺失的部分，让他更加怀疑，果然……

"你打算把我交给警察吗？"伊莲泪流满面地问。

"不，我打算不接这个案子。"威尔森答。

悬案后来依旧是悬案，但威尔森的回家之路从此变得不那么令人期待，尤其当来到自家公寓的楼底下时，他总不由自主地抬头往上看……

（244）

佐登的父亲做的是民间借贷业务，生意范围逐渐从小市场扩大到全国，最后竟然达到呼风唤雨的程度。

当佐登的父亲去逝后，家族生意落在佐登的肩上，他时刻如履薄冰，害怕毁了父亲辛苦打下的江山。

这一天，总统邀请佐登共进午餐。席间，总统提到有关他的传记即将上架，内容不实，尤其还提到他曾性侵继女一事，让他非常头疼。

"总统先生，这是小事，包在我身上。"佐登答。

佐登后来跟"坏朋友"说起此事，没多久，该传记的作者被枪杀，出版社也适时发生大火，社长因此决定无限期推迟传记上架的时间。

这个结果让总统很满意，他再度邀请佐登共进午餐，但佐登婉拒了。

"跟总统吃饭是很荣幸的事，你怎么拒绝了？"佐登的太太问起。

"父亲经常告诫我好朋友和坏朋友都要结交，好朋友就深交点儿，坏朋友就浅交点儿。"他答。

（245）

邓子琪的新租处是个老小区，不是每户人家都会在门上贴门牌号，所以时不时总有人敲错门。为了彻底解决这个问题，她特地买来黄铜材质的数字门牌（405）贴在门上。

"这下子总不会再搞错了吧？！"她心想。

这一天，刚洗完澡的邓子琪又听到敲门声，她急匆匆赶去开门。

"请问410是哪一间？"那人问。

（246）

最近的热搜被一个群众演员给霸占了，起因是她为了得到女四的角色，从场务、化妆师、造型师、布景师、灯光师、剪辑师、摄影师、项目经理……一路睡上去，结果功亏一篑。一气之下，这个女人破碗破摔，实名举报上述相关人员，造成电影圈大地震……

Poy是新进的群众演员，当听到这个消息时，蹦出一句："笨！"，然后踩着高跟鞋去敲导演的房门。

武胜辉是一名网络红人，外号"大嘴辉"，被他喷过的人不计其数，但热度一过，他便不再旧话重提，只有一个人不一样，不管暮去朝来、光阴荏苒，武胜辉从未放过她。

某天，武胜辉约朋友小聚，酒过三巡，朋友问起他为什么要死咬住一个十八线外的女明星不放？

"你不懂，我小心翼翼了数十年，她是我惟一信任过的女人。"武胜辉答。

荣幼雯自从参加心灵成长班之后，对世界有了不同的看法，她感恩自己所拥有的，对万事万物也有了包容心。

这一天，组长抱怨邵风又心不在焉，导致品管出了问题，若不是他火眼金睛，估计又会被海外买家退货，这一来一回的运费可不是个小数目，同时也影响公司信誉。

"没事，我来跟他说。"荣幼雯答。

谈话过后，荣幼雯不仅没辞退邵风，反而把一笔五千万元订单的品管工作全权交给他。组长知道后吓坏了，这是非常冒险的事，但荣经理一意孤行，他也只能摸摸鼻子走开。

果然最坏的事还是发生了，五千万元的货全数被退回，荣幼雯也被公司辞退，至于邵风……他早闻风而逃，避开与荣经理打照面的尴尬。

经过三年有一餐没一餐的流浪生活后，邵风决定找个工作安定下来。当他来到郊区的一家工厂面试保安工作时，赫然发现面试官正是当年被他害惨的"荣经理"。

邵风硬着头皮走上前去，还未坐下，荣幼雯对他说："谢谢！"

"谢我什么？"邵风问。

"是你教会我有人就是扶不起的阿斗，没救了。"

邵风没反驳，默默走开，心想："我还以为这次能再苟安一阵子，没想到她会醒悟过来，真是倒大霉了。"

（249）

这一天，遍体鳞伤的薛宝玲被老公从医院接回家。

"中午想吃什么？"老公小心翼翼地扶她在床上躺下后问。

"什么都不想吃？"薛宝玲有气无力地答。

"妳的身子弱，怎么可以不吃？"他温柔地将她凌乱的发抚顺，"中午我炖个排骨粥，再做几样妳喜欢的小菜，妳看好吗？"

当午餐时间来到，薛宝玲的老公把粥吹凉后，再一口一口地喂她吃，吃完还用纸巾轻轻拭去她嘴角的残留物。

薛宝玲躺了几天，她的老公就衣不解带地服侍她几天，家里也收拾得干干净净，她感觉自己又做回了公主。

等薛宝玲康复后，她又开始做糕点，菜市场的摊位租金不便宜，再这么平躺下去，很快就会无米可炊。

反观她老公，做的是保险业务，上班时间相对自由，一见自己的老婆无大碍了，他也出外拉保险，如果不是一名老客户给薛宝玲发来暧昧短信，这次的"岁月静好"会长一些。

"说！他为什么喊妳宝贝？"

"这个人就爱开玩笑，连卖猪肉的贾婆婆也被他喊'宝贝'。"

尽管薛宝玲指天发誓没半句假话，仍被老公揍进了医院。这次比较糟糕，右手骨折了，代表有很长一段时间做不了糕饼。

她的亲人来探望她时，无不劝她离婚，依然被拒绝。

"妳呦！是不是被下蛊了？"她的母亲老泪纵横地说。

薛宝玲知道自己没被下蛊，而是运气不好，嫁给了有双重人格的人。

"如果我离婚了，就再也见不到天底下对我最好的人。"她答。

薛母心想都被打成这样了，还说她老公是天底下对她最好的人，这不是被下蛊了，还能是什么？不行，明天得找个道士好好化解一下。

（250）

1967年，医生将停止呼吸的姚老先生送上手术台，经过长达六十个小时的人体冷冻手术后，姚老先生被放入零下96度的液氮罐内。随后，生命延续基金会的专家向公众表示手术很成功，预计冷冻人将会在五十年后解冻。

时间转眼来到2052年，首例冷冻人解冻成功，姚老先生苏醒过来后的第一句话是："我好想吃酱排骨。"

如愿以偿吃到酱排骨的姚老先生却乐极生悲，他忘了自己的牙口不好，一口咬下去，直接崩掉一颗门牙。

虽然讲话"露风"，但不减姚老先生的兴致，在记者的陪同下，他"重游"了很多名胜古迹，只是镜头下的他步履蹒跚，每走几步就气喘如牛，让人看了都替他累。

等热度一过，人们不再关注他，紧接而来的是残忍的现实问题。这个世界变了，不再是姚老先生记忆中的样子，他不会使用高科技产品，也听不懂人们口中偶尔夹用的网络用语，连家里的洗衣机也不会操作，因为85年前人们还是使用双手搓洗衣服。

这还不打紧，当初基金会的人跟他描绘了无数个美好的蓝图，惟独没讲到重点，那就是他的脑子及身体机能依然停留在72岁。早知如此，他就不冷冻了，重过老年生活有什么好的？

几天过后，更加毁灭性的消息传来，害他差点儿一口气上不来。

"老先生，当初跟您讲明了，每加一次液氮需要额外支付五万元。您是一次性支付了五十年，但期限一到，碍于当时的条件不允许，我们将您的躯体继续冷冻，如今账单已经累计到近五百万元，这还没把通货膨胀和利息算进去。您的后代子孙听说后，全失联了，不瞒您说，这房子还是基金会替您租下的，请您仔细想想自己还有没有什么隐性财产，毕竟我们也不是慈善机构，您说是吗？"

等工作人员一走，姚老先生把所有的门窗缝隙全用胶带封上，然后打开瓦斯炉……

（251）

何斐乐的男友最近怪怪的，一天洗两次澡不说，还经常魂不守舍，她若问起，男友就跟她急，于是她暗中调查，果然出大事了。

眼下，她要嘛将人往外推，要嘛让男友重回自己的身边。何斐乐选择后一种，而且为了断了他那颗"三心二意"的心，她决定采取激进的方式，日子就选在公司开中秋晚会的那一天。

当晚会结束后，住在同小区的小郭果然送有些醉意的她回家，经过"暗示"，两人在床上翻滚，谁也没料到何斐乐会在关键时刻忽然喊停，接着拨打报警电话。

"喂！我被人猥亵了，你们快派人过来。"她说。

小郭愣住了，这演的是哪一出？他赶紧下床找衣服穿，但何斐乐死活不让，就在拉扯之际，警察上门了，把衣冠不整的两人请去做笔录。

在外聚餐的男友获知消息后，第一时间赶到警局，对着恶人就是一阵猛打，若不是警察拦着，小郭的门牙估计被打没了。

猥亵事件后，何斐乐被自己的男友贴上"烈女"的标签（面对身强体壮的男人仍抵死不从，这种女人娶回家才安心），没多久便传来婚讯。至于事件的另一个当事人小郭……从拘留所出来后，工作没了，女友也离他而去，如果有"年度冤屈奖"，他肯定夺魁。

（252）

伊贺最近诸事不顺，加上女友移情别恋，万念俱灰下，他打算今晚就踏上黄泉路。

吃过人生中的最后一餐，伊贺把所有的窗帘都拉上，然后剪断煤气管，为保万无一失，上床前他还吞了一把安眠药，可惜死神依然没找到他。

半夜醒来的伊贺气得七窍生烟，此时女友突然发来短信，表明自己还是爱他的，虚构新男友不过是为了激励他东山再起……

伊贺顿时泪如雨下，原来生活没那么糟糕。

"重获新生"的他随后掏出烟来，打算抽一根定定神，结果点燃了空气中弥漫的瓦斯，造成五死一伤（讽刺的是伊贺竟然是那位幸存者）。

经过漫长的诉讼，法官最后宣判伊贺死刑。

这次死神终于找到他。

（253）

Cheney是地方上的小霸王，只是这次实在太过了，即使富甲一方的父母也很难摆平。

在与律师团队商量过后，他的家人决定以"精神病发作"来应诉。

"装疯卖傻"对Cheney来说一点儿也不难，他很快便得到一纸证明，成功逃过法律的制裁，替代的是进入精神病院接受治疗，直到医生认为治愈为止。

"儿啊！我们已经事先打过招呼，只要待满两年就可以出来了，你忍忍哈！"他的母亲很不舍地说。

想到要跟一群疯子共处两年，Cheney顿时没了力气。

进入精神病院后，Cheney除了欺负病患和捉弄医护人员外，没啥事可做，很快便觉得无趣，逃离医院的念头也就越加强烈。终于在一个阳光灿烂的午后，他付诸行动了，只是还没等坐上开往市中心的巴士就被逮住，还因上了报，院长被革职，换上另一位雷厉风行的新院长，这下子Cheney的父母发挥不了银弹攻势，代表他的出院计划遥遥无期。

Cheney急了，捉住每一位医护人员，重复述说自己没病，是正常人。

"这里的病人都认为自己没病，是正常人。"每个医护人员都这么答。

"自救"无效后，Cheney决定等待时机再出击，果然几个星期后被他等来一个绝佳的机会。

当市长视察精神病院时，Cheney从人群中冲出来，扑通一声跪倒在地，说："市长先生，我没病，是正常人，请救救我。"

没等市长反应过来，Cheney已被架走。

在重要人物面前出糗，加上该病患劣迹斑斑，院长下令从严处理。于是Cheney被关进单人间，吃喝拉撒睡全在里面，还因害怕他再度逃跑，连放风的机会也不给。

转眼两年过去了，医生终于宣布Cheney可以出院。当他的父母喜出望外地来到医院时，看到的却是一个两眼无神，嘴巴念念有词的人。

"没办法，医院目前人满为患，只能让最乖的病人提前出院。"医生拿出一袋药，"一天两颗，记得睡前吃。"

（254）

朱梦怡打扫房屋时发现了好几本B杜的小说，想到同事小刘挺喜欢看书，送她正好。

小刘收到小说后，高兴坏了，还说以后若有这类好东西，她乐于接收。

几个星期后，朱梦怡又打扫房屋，发现了几件已经退流行的衣服。想到上次小刘的嘱咐，她立刻打包。

没想到小刘收到后，脸色大变地说："我还没那么凄惨，得拾别人的旧衣裳。"

在朱梦怡看来，二手书和二手衣不都一样？何况那些衣服还完好着，只是样式没那么潮而已。

“妳不要，大把人抢着要呢！”

朱梦怡话一说完，围观的同事立刻作鸟兽散。

“妳不要，大把人抢着要呢！”

朱梦怡话一说完，围观的同事立刻作鸟兽散。

（255）

跳蚤认为狗好厉害，不仅会汪汪叫，还会原地打转。

狗认为人类好厉害，不仅会数数儿，还会使用电器。

人类认为超人（Superman，来自氪星）好厉害，不仅会推动火车，还会翱翔天际……

氪星人一听说自家人被神化后，很茫然地问："这不是本能吗？哪里厉害了？"

（256）

如果不是家里的狗多处骨折，小蔡恐怕没机会遇到自己的高中同学小石。

难得与学生时代的"学神"相遇，小蔡问能否找个时间小聚一下？

"没问题，今晚七点见，吃什么由你决定。"小石答。

在烤肉店里，他们大块吃肉、大口喝汤，等酒下了肚，两人都放松下来，说话也不那么瞻前顾后了。

"小石，我说句心里话，你可别不高兴。当年你被保送进Q大，我心想这小子将来肯定前途无量，没想到几年未见，

你竟然当上兽医，这好像和'学神'沾不上
边。"

小石听完闷不吭声，小蔡心想坏了，刚
见面就结下梁子，这要如何善后？

"不需要善后，我没生气，只是踌躇该
不该说实话？"

听到小石没生气，小蔡松了一口气，接
着表示不管内容有多劲爆，他绝对扛得
住，要小石放马过来。

于是小石把前因后果都交待了。

"你真的能听到內心独白？"小蔡难以置
信地问。

"没错，这也是我后来转系，并且从事
兽医工作的原因，因为我发现人们在面
对小动物时最具耐心和爱心，不像平常
那样虚伪。"

"那么你说说我现在心里想什么？"小蔡
挑衅一问。

"你现在想着：见鬼了，小石在发酒疯
。"

小蔡吓得张口结舌。

回家后，小蔡坐立不安，如果小石真的有特异功能，那么自己的秘密岂不是全摊在他面前？

隔天，宠物医院来电话，让狗主人去接度过观察期的狗回家。

小蔡找了个借口让老婆独自去接，等一人一狗回来后，他问兽医说了什么？

"他说这几天别让狗碰水，同时少移动它。"

"就这样？"

"他还说养狗最好征求家里人同意，否则受苦的是狗狗。"小蔡的老婆转头怒视他，"狗是你要养的，凭什么丢给我照顾？还好意思跟兽医说，你怎么不让警察上门抓我？"

小蔡再三保证没有出卖自己的老婆，同时心里犯嘀咕："昨天和小石见面时，我压根儿没想过这些。"

此时家里的狗叫了两声，小蔡灵光一闪，原来告密者是……它。

阿道夫以职务之便侵犯男童，数量之多令人发指，最终他被送进臭名昭著的W监狱，不仅关的都是牛鬼蛇神，狱警也多半残暴如虎，阿道夫算是一脚踩进地狱里。

果然第一天他就得到狱警赏的见面礼，虽然鼻青脸肿，尚在能忍受的范围內，等他性侵男童的消息传遍整个监狱后，"好日子"便到头了。别看这里关的都是十恶不赦的大坏人，为了替幼童讨回公道，一个个全化身为正义之士，而且惩罚的方式颇为一致，那就是"以其人之道还治其人之身"。可想而知，阿道夫成了所有受刑人的泄欲对象，各种工具轮番上阵，手段极其残忍。

别看阿道夫被虐得死去活来，眼睛却是雪亮的。

"萨拉西，"他指着呐喊助威者中的大光头，"绿水镇阳光小学的老师，你还记得我吗？当年被你性侵数年，如今我犯下罪行向你致敬，是不是青出于蓝而胜于蓝？哈……哈哈哈……"

阿道夫笑着笑着，突然恸哭起来，像个受尽委屈的孩子。

那个叫萨拉西的光头男见苗头不对，转身想跑，可惜为时已晚。

隔天，W监狱的狱警向典狱长通报有位受刑人昨晚暴毙了。

典狱长点点头，继续翻看色情杂志……

（258）

许阿明在草丛里发现一只被兽夹夹住的狼，由于狼的防卫心很强，他费了好一番功夫才解开。获救的狼跑开约五十米后才转头凝视恩人，似乎在向他道谢。

由于这个意外的插曲，耽误许阿明上工，他一心急，不慎与一辆汽车"擦肩"而过。

"妈的，遇上碰瓷的。"汽车驾驶员边拍打方向盘边懊恼。

愤怒的许阿明把驾驶员从车上拖下来，责问他想怎么解决？

"两百元，再多没有。"那人答。

"两百元？别看我现在人好好的，搞不好这一撞，撞出内伤或脑震荡，两百元根本不够。"

讨价还价的结果，驾驶员付了五百元才得以脱身。

你没搞错，这个讹钱的许阿明和救狼的许阿明是同一人。

（259）

艾西瓦娅是个宠子狂魔，为了能与儿子朝夕相处，她甚至剥夺他上学的机会，改为在家自学。

"妈，妳何不把我背在身上？如此一来，即使妳下田耕作或上市集采买，咱俩也不分离。"她的儿子提议。

艾西瓦娅心想这是个好法子，于是背起儿子。这一背就是二十年，当初不到一米的孩子，转眼已是七尺之躯。

"儿啊！让妈歇歇，我已经背不动你了。"艾西瓦娅忍不住说，尤其前方是个断崖，一不小心就会坠入深渊。

"换我背妳吧！"

听儿子这么一答，艾西瓦娅几乎要喜极而泣，真是没白疼这个心肝宝贝！

几天后，有人在断崖下方发现一对男女的尸体，男人的腿部肌肉已经萎缩。

柳大春因为一张照片而得奖，但也因此被推上风口浪尖。卫道人士普遍认为他应该先挽救即将坠落悬崖的小牛，而不是急着按快门。

这种言论让柳大春很不服，悬崖那么陡峭，要怎么救？退一万步讲，救上来又如何？还不是进到人们的肚子里？

显然公众没想那么多，否则也不会向他发起那么多的攻讦。

这一晚，柳大春又被网暴到睡不着觉，当他望着窗外出神时，忽然看见一名女子抱着婴儿站上窗台，情况非常危急。基于职业病，他伸手去拿相机，就在这时候，他忆起"小牛事件"，赶紧放下相机向外喊："喂！"

女人被这一声给吓到，脚一滑，一大一小坠入楼底。

柳大春惊呆了，过了几秒钟，他用颤抖的声音唱起《钟山春》："喂……巍的钟山，巍巍的钟山，龙盘虎踞石头城，龙盘虎踞石头城。啊！画梁上呢喃的乳燕……"

七十年代，刘桂圆曾救了一名溺水的孩子（靖仔），从此命运便将两人拴在一起。

当时，家家户户都穷，刘桂圆上有老，下有小，日子同样过得苦哈哈，但只要得知靖仔吃不上饭了，她还是会省下口粮给他。

靖仔后来到了娶亲的年纪，由于家里穷，给不起彩礼，交往多年的女友被迫嫁给别人。靖仔一时没想开，割腕自杀了。

刘桂圆听闻后，立马冲到他家，也不管人还虚弱着，啪啪啪甩给他好几个耳光，说：“听着，你的第二次生命是我给的，想自杀，先问我同不同意。”

如今刘桂圆已是耄耋老人，每当被问起有几个孩子时，她总回答：“三个。”

她的一儿一女只好尴尬地解释：“人老了，难免糊涂。”

（262）

壁巍和莉亚就读同一所社区大学，毕业后又同时进入某工业园区工作，部门虽然不一样，但薪水差不多，她俩所找的对象也同样是留美的在读博士，等于两家的经济状况很相当。

几年后，这两家同时有了买房的念头。壁巍和老公看中的是一栋两层楼的新房子，有五个房间，后院挺宽敞的，惟一的缺点是房屋坐落的地点不太好，龙蛇混杂。

莉亚和老公看中的则是一栋百年小木屋，只有两个房间，草坪还小得可怜，优点是邻居多是中产阶层，氛围一片祥和。

123

某天，这两人在午休时间相遇，谈起搬家后种种，璧巍不无感慨地表示自己后悔死了，三个月内发生两次入室盗窃，损失加起来起码八百刀。

"买房买在那个区，难道妳就没犹豫过？"莉亚问。

璧巍承认的确犹豫过，可是钱就这么多，要嘛买好区里的烂房子；要嘛买坏区里的好房子。但凡钱能多一点儿，她也不会……

莉亚安慰她几句，终归赶着上班，两人匆匆道别。

两天后，璧巍打来电话，抱怨家里又遭窃了，同时纳闷怎么小偷不上富人区作案？那里值钱的东西更多，不是吗？

莉亚告诉她，当一只老鼠进入干净的厨房，结果必定是被追杀，但如果走进的是杂乱不堪的地方，根本不会引起注意，所以对于老鼠而言，后者才是它的安身立命之所，即使找到的只是玉米粒或者馊食，那也好过刀口上的珍馐美馔。

（263）

1995年，尔玉前往德国留学，住的是校外宿舍。说是宿舍，其实是一栋别墅，总共有八个房间，依大小和采光的不同，收费各异。

某天，德国室友敲她房门，说屋外有一对亚洲脸孔的男女，可能是来找她的。

她下到楼底，发现这是个误会，他们找的是华芳。

"华芳到楚格峰滑雪了，下周一才会回来。"尔玉答。

那对男女面带愁容，最后女的开口："华芳说我们可以过来找她，结果她却不在。我们也是学生，好不容易攒钱出来玩一趟，实在没有余钱去住酒店。妳看这样行吗？夜深了，应该不会有人使用厨房，我俩就窝在那里过夜，明天天一亮就走，不会给妳添麻烦。"

尔玉本想拒绝，但这对男女是同胞且看起来不像坏人，加上夜已深，德国的酒店又贵，她的恻隐之心油然而生，同意让他们进屋来。

隔天，尔玉被室友们骂惨了。她来不及懊恼，因为得赶着去服装厂打工，就在过马路时，她又看到昨晚的那对男女。

"嗨！"她向他俩挥手。

没想到那对男女不约而同地视而不见，并且快步走开。

（注：尔玉见证过他俩落魄的样子，再次相遇只会带来尴尬，所以选择无视。）

（264）

呂嘉泽五岁开始学棋，六岁夺得省级初级赛的冠军，五年后的今天更是一举拿下亚洲围棋锦标赛少儿组的桂冠。

没想到冠军杯还没捂热，他的父亲兼教练便要他打谱及做题。

"报章杂志都竞相报导我是天才儿童。"吕嘉泽冷冷地说。

"所以呢？"他的父亲问。

"天才是不需要这么刻苦的。"

"既然这样，那么我放你十天假。在这十天里，你不能想任何有关下棋的事，十天后我们来对弈。"

父亲的答复让吕嘉泽很感意外，他原以为这场争论会以"关小黑屋"收场，像往常一样。

十天过去后，他和父亲坐下来对弈，奇怪的是他的反应变慢了。在棋坛上，吕嘉泽向来以快攻出名，可是现在他根本快不起来，好几次还差点儿"兵败如山倒"，最后虽然取得胜利，但赢得很辛苦。

"原来我不是天才儿童。"吕嘉泽很气馁，"那么记者和播报员为什么要这么称呼我？"

"也许使用'天才'二字可以概括很多事，报导起来不需要那么费力。话说回来，这有个好处，那就是封住质疑者的嘴，毕竟天才获奖乃实至名归，倘若不是天才却获奖，家长或教练就麻烦了，稍不慎会被扣上'虐待儿童'的罪名。"

几天后，吕嘉泽拨打了报警电话。

在国内出纸书需要送审，牟晓天的书就这么被打了回票，理由是造成社会不和谐。

"你改改吧！"编辑无奈地对他说。

牟晓天的书有12万字之多，改起来是个大工程，何况那些"不和谐"被抹去后，整本书已全然变味，倒不如不出版。

他的老婆见他眉头深锁，问出了什么事？他一五一十地全交待了。

"这简单，听我的准没错。"他的老婆信心满满地说。

几个星期后，编辑部传来好消息，牟晓天的书过审了，可以着手准备出版。

你若问牟太太出了什么招数？其实也没什么，不过是把故事背景改成美国，书中人物全换上洋名，像是约翰、玛丽亚、比伯、珍妮……

（266）

没有人比曾石头更胆小懦弱，连自家的孩子被欺负，他也不敢吭一声。

"爸，你爱我吗？"他的儿子泪眼婆娑地问。

"儿啊！爸当然爱你，只是……吵架和打架解决不了问题。"

"即使解决不了，我也希望你能为我讲两句。"

儿子的要求并不过分，但曾石头依旧跨不过去那个坎。

当曾石头的老婆带着孩子离开时，他永远也忘不了母子俩投来的怨怼眼神。

午夜梦回，曾石头心想他总不能永远当缩头乌龟，于是决定杀狗来练练胆。当他亮起寒光闪闪的菜刀时，家里的狗还不知道危险在即，依旧对他摇头摆尾，好不热情。

"对不起，"曾石头扔下菜刀，抱起血淋淋的狗，"对不起，对不起，对不起……"

曾石头后来遁入空门，让青灯古佛常伴左右。这样的生活很令他满意（毕竟没有人会苛责一个出世和尚胆小懦弱），只有一点让他颇感不安，那就是寺庙附近的狗儿总冲着他叫，声音好不凄厉。

（267）

说起村里最热心且慷慨的人，那非张明莫属，大家无不赞美他是个"燃烧自己，照亮别人"的活雷锋。

兴许好人有好报，他无意间花两块钱买的彩票居然中奖了，奖金能让他后半辈子都衣食无忧，可是麻烦事也随之而来，每天都有人上门借钱，包括素昧平生的陌生人。

刚开始，张明还是慷慨解囊，但村民借钱的理由越来越奇葩，连给丈母娘过生日也来求助。张明心想这样下去可不行，开始严格把关，结果惹怒借不到钱的人，传出去的话一个比一个难听。张明索性关上大门，从此过起离群索居的生活。

133

如今说起村里最冷酷且小气的人，那非张明莫属，大家无不指责他是个"自扫门前雪，莫管他人瓦上霜"的自私鬼。

细数一下，现在诋毁他的人和曾经赞美过他的人基本一致。

好不容易攒下十万块的买房钱，突然间少了一万，兹事体大，宝莲立刻质问未婚夫伟志。

"我花了。"他答。

"花了？你买了什么？"

"今年新出的苹果手机，另外还买了几件新衣服。"

宝莲用的是老款手机，很多功能都没有，难得伟志这么有心，不仅买了手机，还买了新衣服，也不知道理工男的眼光行不行……

"快拿出来，我看长啥样。"宝莲兴奋地说，同时计划看过后就拿去退，还是过日子重要，其他都是浮云。

等知道手机和衣服都不是买给她的，宝莲气不打一处来。

伟志赶紧解释："我弟为了我，放弃升学的机会，很早就出外打工。我永远也忘不了他参观我就读大学时的羡慕模样。当时我曾暗自发誓，一旦功成名就，一定要拉他一把，眼下这个愿望大概是实现不了了，但买个手机让他在朋友面前有面子总可以吧？！这是我花钱的初衷，很抱歉没跟妳商量就买了。"

听完解释，宝莲的气消了一半，但仍有一半在燃烧。说到底，一万块钱不是个小数目，那也是她起早贪黑挣来的，凭什么她得帮着打肿脸充胖子？

宝莲后来找到伟志的弟弟伟诚，把前因后果都交待了。

伟诚听完，立即把钱汇给宝莲。

"对了，你可别告诉你哥，否则我们有的吵了。"宝莲不忘叮嘱。

"知道了。"

为了不让伟志起疑，宝莲没把钱存进"共同账户"内，而是给了自己的亲妹妹。当年妹妹为了她，同样放弃升学的机会，到现在还租住在地下室里，有了这笔钱，起码能改善她的生活……

（ 2 6 9 ）

基于囊中羞涩的原因，喜欢阅读的韩雨总爱泡在书店里，一边吹冷气，一边看书，好不自在。

这一天她又上书店，毫不费力就把上次看到一半的《B杜极短篇故事集》找出来。当她沉浸在故事中时，一对母女的对话吸引了她的注意。

" ……罗卡对丢垃圾的人说：你们不应该乱丢垃圾，街道是大家的，要共同维护才是。" 母亲合上书， " 故事讲完了，宝宝，妳回答妈妈，可不可以乱丢垃圾？ "

138

"不可以。"

"为什么？"

"因为……因为如果大家都乱丢垃圾的话，到处都会很脏，而且很臭。"

"没错，宝宝真聪明。"

"妈，我想尿尿。"

"忍住，妈妈马上带妳去。"

这样的母女对话无疑是温馨的，韩雨的嘴角有了笑意。

过了一会儿，韩雨忽然听到水声，她转头过去，发现那位母亲正抱着孩子蹲在角落如厕。

韩雨大为光火，走过去抱怨："妳怎能让孩子在这里上厕所？到底有没有公德心？"

那位母亲瞪她一眼后，拉起女儿的手走开。

韩雨感觉自己被欺骗了（方才还误以为这是一对高素质的母女），立马追了上去，同时揪着"没公德心"的话题不放。

"本来不想说，是妳逼我的。讲到公德心，妳在这里蹭冷气、蹭书就有公德心了？问过书店老板和作者没？他们都不用吃饭，白白为妳辛苦是吗？"

韩雨立刻哑口无言。

趁着这个当口，那对母女毫发未损地离开了。

（270）

邱易的怪很不一般，既不是不合群，也不是举止猥琐，而是那种"说怪不怪，说不怪又挺怪"的类型。

某天，老师难得点名，邱易没到，不过像从前一样，他是有理由的。

"老师，邱易觉得今天的阳光不错，所以决定去晒太阳。"他的室友兼同班同学代传。

"去哪儿晒太阳了？"老师问。

"男生宿舍顶楼。"

"别晒着晒着就滚到楼底下了。"

听老师这么一说，全班哄堂大笑，可是蒋立森却笑不出来，因为这也不无可能。

为什么蒋立森会这么认为？有一天全班去海水浴场玩，有人恶作剧，企图活埋躺在沙滩上晒太阳的邱易。正常人的反应是全力逃脱，可是邱易却丝毫不反抗，这无疑鼓舞了恶作剧的人。

还是蒋立森提醒他们别闹出人命来，几个男生才赶紧"挖尸"。

获救后的邱易却一点儿也不生气，反而说："原来被活埋是这种滋味，总算经历了，谢谢各位！"

此话一出，恶作剧的男生反倒有被"反将一军"的屈辱感。

当秋风吹起时，一个背着登山包的身影在校园内踽踽独行。蒋立森喊住那人，问他上哪儿去？

"我去西藏看牦牛，老师若点名，麻烦转告一声。"

蒋立森赶紧挡住他的去路，告诉他再这么缺课下去，他会被开除的。

"我的作业都按时交了，考试也会参加，如果还是被开除，那就开除好了，我不在乎。"邱易答。

蒋立森问他是不是得了什么不治之症？

邱易笑了，问他为什么会有这个想法？

"因为……因为你的行为太不正常了，只有生命即将结束才解释得通。"

"你的意思是只有快死时才能想做什么就做什么，否则只能按部就班，是吗？"

蒋立森想了一下，这的确是他的本意，于是点头。

"哈！这太不正常了。"说完，邱易头也不回地走了。

（271）

哈桑是游击队队长，群众对他的评价很高，当他被逮捕的消息传来，民间一片哀嚎。

总统向来视哈桑为眼中钉，如今终于能除之而后快，恨不得当场处死他。

"总统先生，杀人诛心，请不要错过这个绝佳的机会。"国务大臣进言。

"说来听听。"

于是国务大臣把行刑计划描述一遍，总统频频点头。

几天后，民众听说哈桑被处以绞刑，纷纷涌入行刑现场，当看到台上绑着三个人时，顿时傻眼（中间那位是民族英雄哈桑没错，但左右两边绑着的却是杀人如麻、罄竹难书的大恶人呀！）。

行刑官首先宣布左边那位的罪状，包括奸杀幼女、强迫女性卖淫和参与十几起灭门血案。

当阿布杜上了绞刑架时，群众无不额手称庆。

行刑官接着宣布右边那位的罪状，包括贱卖国有资产、贩毒和受贿。

当麦德上绞刑架时，群众拍手叫好。

行刑官最后宣布中间那位的罪状，包括蛊惑民心、非法拥有武器、勾结外国势力团体……等。

当哈桑上绞刑架时，底下鸦雀无声。忽然，有个人冲着台上喊：“去死吧！叛国贼。”

哈桑在半空中挣扎了两分钟才断气，群众这时才清醒过来，欢声雷动的声音久久不散……

当布朗医生寂寞且失落地走在黄泉道上时，他忽然发现前方有个熟悉的背影，赶紧加快脚步赶上去。

"原来真的是你，没想到你比我早先一步撒手人寰。"布朗医生说。

"哎！我开车小心了一辈子，结果被一个不小心开车的人给送上绝路，你说惨不惨？"霍尔医生答。

交谈之下，布朗医生发现当年的实习医生已经在全国置业无数，同时挤身名人之列，俨然人生赢家；反观自己，为了寻宝离开医界，最后落得血本无归，活脱脱就是个失败者，不禁感慨万千。

霍尔医生忙安慰他：" 你的足迹遍布全球，那些经历像珍珠般可贵，何况最终我们仍是回归尘土，那些名和利，一样也没带走。"

听霍尔医生这么一说，布朗医生释怀了，两人一起步向黄泉道的尽头……

看似霍尔医生和布朗医生的结局都一样，其实还是有所不同，"安慰者"与"被安慰者"的角色已经说明了一切。

（273）

古德在情报局工作，自从知道政府做了很多不耻之事后，他决定"大义灭亲"，把M国对他国所做过的肮脏事一一公诸于世。

事情揭发后，一片哗然，M国政府遭遇开国以来的最大危机。

古德的父亲忧心忡忡地在镜头前向他喊话："儿啊！别做伤害自己人的事。"

这个"自己人"除了指家人外，还包括M国人民。

然而古德非但没有停止揭发，还带着"情报"投奔M国的死对头U国。

U国当然竭诚欢迎，不过私底下却派人监视他的一举一动。噢！对了，U国给古德取的代号是"地主家的傻儿子"。

（274）

传说舜的父亲和继母曾多次想害死他，他们在舜修补谷仓时放火，在他掘井时填土，还好舜都成功逃脱了。虽然心里委屈，但舜仍认为是自己的错，更加竭尽心力地侍奉父母。

尧帝听说舜的孝行后，把两个女儿（娥皇和女英）嫁给他，并且让他继承王位……请问文中所述若发生在21世纪的中国，触犯了哪些法律？试申论之。

当法律系学生章平看到刑法考试只考了一题（还是相当奇葩的题目）时，亦喜亦忧。喜的是题目不难发挥，忧的是一题定高下，风险值实在太大了。

正当他振笔疾书时，贾斯乐已经交卷了，全班发出惊叹声，因为才刚开考不到五分钟。

章平后来问贾斯乐都写了些什么？

"我写的是：21世纪的中国已无王位可继承，案件描述有误，请重新递交材料。"他答。

（275）

别看尤贵芝只是个扫大街的，在网上她可活跃了，网暴起他人绝不手软。每当看到被网暴者惊慌无助的样子，尤贵芝总有扬眉吐气的快感，忘了现实生活中所有的卑微与不幸。

这几天，她盯上的是一位抑郁症患者，当别人苦口婆心地劝他活下去时，尤贵芝反其道而行，要那人赶紧死，世界也能少一个祸害……

"你不认识我，为什么对我有那么大的敌意？"那人回复。

"想死的人还上网求关注，本身就是个骗局。我料准你根本不想死，有本事就

从海盛大楼的楼顶往下跳，我还敬你
是条汉子！"

海盛大楼有35层楼高，是本市最高楼，
可见尤贵芝的心有多歹毒。

说完狠话，尤贵芝匆忙下线，因为休息
时间有限，她还有好几条街要扫呢！

结束一天的工作后，尤贵芝上面包店买
打折面包，她记得儿子最爱吃菠萝包，
还好最后一个让她抢到了，不禁沾沾自
喜。

回家路上，尤贵芝看见海盛大楼的楼底
下被拉起黄色警戒线，再听说有人跳楼
了，顿时血脉偾张（她最爱看血腥场面
，如果再加上有人嚎哭就更完美了）。

好不容易排开群众挤到最前面，尤贵芝
看到的是一个被鲜血染红的躯体，仍能
分辨身上的校服。

"不会吧？！竟然跟儿子同校？"她心想
。

等留意到散落一旁的球鞋也与儿子的同
款时，尤贵芝的心跳加速，立即拿出手
机拨打。

"嘟……嘟嘟……"跳楼者的裤兜里发出声响。

"不～"尤贵芝嚎哭起来。

（276）

熊颖带着女儿上街，经过电影院时，女儿指着海报问："这是白雪公主吗？"

由于政治原因，好莱坞成了非裔演员的天下，没想到现在连经典的童话故事《白雪公主》也被《黑土公主》所取代。

"是的。"熊颖答。

"为什么呢？故事书中的白雪公主白白的，这个却黑黑的。"

熊颖实在不知如何向五岁的女儿解释成人的复杂世界，只好撒一个白色谎言，说："宝贝儿，白雪公主吃多了巧克力，所以皮肤变得黑黑的。"

从此，熊颖的女儿不再吃巧克力。

统下乡，各大媒体争相报导，把乡间小路挤得水泄不通。

"别做秀了！"村民奥恩咆哮着，"连续干旱，也不见政府拨款，现在却带着大批记者出现，这是要告诉全国人民你勤政爱民吗？别笑死人了！"

电视台正在做即时转播，这段"意外的插曲"无疑让全国人民都看在眼里。

总统快步走向奥恩，握住他的手，一脸诚恳地说："我无时无刻不在关心你们的处境，这次来就是为了解决问题，请把你们的心声通通说出来，我洗耳恭听。"

总统造访过后，受灾村果然得到相应的物资和帮助，解了燃眉之急，不过村长可不好过了，光检讨书就写了五万多字，分量之多已经可以出书了。

（278）

草莓圣代在网上拥有五十多万粉丝，但她的新书销售却很不理想。

"回答我，这五十多万粉丝是不是买来的？"编辑问。

"买来的又怎样？只要达到目的就算成功。"她答。

"怎能算成功？书已经上架一个多月，销量还不过百。"

"你不是已经帮我出书了？对我来说，这已经踏出成功的第一步。"

凭着"出书作家"的头衔，草莓圣代连着上了好几个座谈节目，由于能说会道、巧舌如簧，最终成为一档谈话性节目的固定嘉宾，无形中带动书的销量。

现在的草莓圣代拥有一百多万粉丝，即使有一半是僵尸粉，至少另一半是真的。

（279）

高级主任的位置已经空了有两个多月，宋杰借着中秋节将至的名义，买了一盒月饼上经理家探探口风（怕被误会动机不纯，他特意挑便宜的买），结果人家硬是不肯透露，让他的心七上八下的。

没想到节日一过，坏消息便传来。

"妈的，包了五万元的红包，最后落得这个下场。不行，我得把钱要回来。"宋杰气鼓鼓地想着。

经理一听说宋杰在月饼盒里塞了五万元的购物卡，很淡定地答："既然你提起，我就直说了。你的这种行为叫做行贿，可处五年以下有期徒刑，不过看在你是老员工的份上，没功劳也有苦劳，经内部秘密商议，决定不予追究，但原定的升迁机会算是没了。"

知道因自己的鲁莽，让煮熟的鸭子飞走了，宋杰很是懊恼，连五万元也忘了要回。

等宋杰一离开，经理立刻飞奔回家，希望能比垃圾车早先一步抵达垃圾收集站。

（280）

夏姐一见到姚芳便心生欢喜，她最喜欢老实人了，再听说姚芳是归国华侨，那就更加完美。

一来二去，两人渐渐熟稔起来，姚芳会告诉夏姐在国外发生的趣事；夏姐则提醒她初来乍到得凡事小心，尤其提防骗子，她就曾吃过亏，被骗走二十万元，现在想起来还会心疼……

姚芳不免心生同情，被骗肯定不好受，同时感觉自己实在太幸运了，归国没多久就遇上好人。

等时机成熟后，夏姐告诉姚芳想在美国置业，鉴于国内的规定，她无法以买房的名义向海外汇款，如果姚芳愿意，两人可以各取所需。

姚芳一想，自己正计划在国内待上几年，手里的人民币当然越多越好，于是同意换钱，汇率就按中间价，没有谁占了谁便宜。

她俩一商议，决定先换小额试试，但由谁先汇呢？

没等姚芳开口问，她的手机短信传来提示，自己的账户已经多了二十万元。

这夏姐也太豪爽了！

第一次换钱让双方皆满意，所以当夏姐提议换五百万元时，姚芳不假思索便答应了。

还是像上次一样，夏姐先汇五百万元过来，姚芳再通知身在美国的妹妹把美元汇入夏姐的指定账户内。

几天过后，在机场等候登机的姚芳上网查余额，发现五百万元根本没到账，原来她收到的手机短信是假的。

"倒霉！遇上同行了。"姚芳嘀咕着。

星期日凌晨起飞的班机不多，预计11个小时后，姚芳能见到西雅图的月亮。

（281）

为了训练儿子独立，良子决定将他送往美国。

在机场，儿子抱着良子的大腿不放，边哭边说："妈妈，我怕，我不想离开妳。"

"苍介酱，妈妈这么做是为你好。"良子好声好气地解释。

见儿子仍不愿放手，她一狠心，把他交给航空公司的工作人员后，拔腿就跑，背后传来撕心裂肺的哭喊声。

三十年过去后，夏目苍介成了一名商人，常年往返于美日之间，俨然成功人士，然而一起窃盗案件却掀开了遮羞布。

"为什么？"良子伤心地问儿子。

"因为……因为它让我有安全感。"

夏目苍介偷的是某户人家晒在阳台上的女性內裤，样式保守，像是有些年纪的女人会穿的。

由于人赃俱获，夏目苍介最终被判拘留五日。当他回到家时，赫然发现客厅桌上摆着一个纸箱，里面有数十条女性內裤。

他拿出其中一条，把它往鼻前一凑，接着勃然大怒，一脚踢翻纸箱。

"没有味道……没有味道……没有妈妈的味道。"说完，夏目苍介哭得像个孩子似的。

（282）

不知从何开始，孙洋把"娶个漂亮老婆"纳入人生规划中，并且加以宣扬。

"光漂亮是没用的，还得有个聪明脑袋才行。"他的朋友反驳。

"聪明脑袋就靠我，老婆只要负责漂亮。"孙洋答。

后来，孙洋真的娶到一位美女，纵使婚后生活不尽理想，他也认了，因为没有什么比改善后代的颜质基因来得更为重要……

. . .

我叫孙丽，上文中的孙洋是我的爷爷，如果不是他高瞻远瞩，这辈子我恐怕难以摆脱"大饼脸兼金鱼眼"的世代诅咒。不过有利就有弊，现如今，"找个身高一米八的老公"已经纳入我的人生规划中，希望这次可以一步到位，谁让我那颜质欠佳的爷爷只能娶个有身高缺陷的美女，哎～

（283）

凱洛从两米宽的大床上醒过来，时间已经接近中午。

"妳吃什么？"这栋屋子的佣人问。

"不吃，给我黑咖啡吧！"她答。

等了很久，佣人才端来。凯洛喝了一口就放下，她最讨厌喝冷掉的咖啡。

快速梳洗一下后，凯洛走出屋子，一时不知何去何从，还好兜里的钱提醒她可以往高消费的地方去。

等她提着大包小包回来，佣人仍然臭着一张脸。凯洛猜想这个人要嘛来大姨妈，要嘛大姨妈很久没来，二选一，否则无法解释为什么一个下人会如此无礼。

两个小时后，男人回来了，看见她就像大野狼看到小白兔。等他俩双双滚到床上时，有人敲门了，听着像是什么暗号。

"快！我老婆回来了，妳躲到窗帘后面。"

听男人这么一说，凯洛光着身子躲起来。正当她冷得打哆嗦时，发现隔壁栋的阳台上站着一个男人，两人眼神一交会，凯洛立刻秒懂。

"妳……"房间内的夫妻看到裸女出现，同时惊叫出声。

"我马上走！"凯洛抽出方才胡乱塞进床垫下的衣服，"这里的房子长得都一样，害我走错地方了。"

离开32号别墅后，凯洛走向34号，人还未到，电动门已经缓缓打开……

（284）

14岁的小琴和一个大她两轮的男人谈恋爱，她的母亲认为她傻，但自从一栋两层楼的土房被男人造好后，小琴的母亲默许了。

每天，小琴都在土房内等她的男人。在她的眼里，那个人就是她的一切，同时也是幸福的泉源。

当小琴忙着编织美梦时，她的男人正在赶来的路上，心里想的是："再玩两个月就不玩了，省得到时候脱不了身。"

（285）

经过十多年的夙夜匪懈，乔宇森终于制造出全球第一枚永生无线芯片。此芯片的特别之处在于能将人脑意识和电脑网络连接起来，换言之，即使人体死了，意识仍存活在网络世界里，就像人还活着一样……

"这么一枚小小的芯片就能实现另类永生，听着很神奇，你可曾实验过？"富豪贝尔问。

"当然实验过，只是目前的电脑还无法分辨狗语，所以显示出来的是一堆乱码。"乔宇森答。

"你的实验对象竟然是狗？！那可不成，没有经过人体实验，我不可能投钱，这太冒险了！"

乔宇森也曾想做人体实验，但自己既非医生也非科研人员，只是半路出家的科技爱好者，根本无法服众，反被当成疯子给轰出来。无奈之下，他只能拿家犬做实验，到现在他还忘不了那双绝望的狗眼。

富豪是个精明人，断不会因为别人的三言两语就胡乱投资，这个交易算是失败了。

没想到两个礼拜后，乔宇森又出现在贝尔的办公室，这次电脑屏幕上真的出现一个亡魂。

"你叫什么名字？"贝尔坐下来打字。

"颜肖。"

"感觉如何？"

"还行。"

"有没有什么话要说？"

"请转告乔宇森，我只答应做一天的实验，千万别把我的身体给怎么了。"

贝尔转头看着乔宇森，后者耸耸肩，答："死后复生……我还没研发出来。"

（286）

卢小弟在3分钟之内吃下12个大热狗，立即冲上本地新闻的头条，要知道，世界记录也不过15个。

这个亮眼的成绩直接把卢小弟送上全国吃热狗大赛，虽然年纪最小，但以他的实力，摘冠的呼声很高。

可惜事与愿违，卢小弟最后得了个倒数第一。

"你知不知道这个比赛是比谁吃得快又多？"记者问他。

"知道。"

"那你……"

"在我们村里没热狗这个东西，所以我决定好好享受美食。"

当记者告诉他全国性的比赛会奖励第一名两大箱的热狗和现金5000元时，卢小弟冲着获胜者喊："你骗我！"

（287）

有人发现人迹罕至的树林里住着一位老妇，房屋虽简陋，但鸡鸭成群，附近还有一亩绿油油的菜田。

村干部拜访时，老妇躲着不肯见人，还是好话说尽后，她才开门。

"妳叫什么名字？"村干部问。

"蔡招弟。"

"妳在这儿住多久了？"

"记不清了。"

"老家哪里？"

"捕下村。"

"为什么不回去？"

"我去找我二姨，路上迷路了，所以……"

"妳可以问路呀！"

蔡招弟沉默了，从小她就害羞，看见生人总要躲藏起来，怎么可能主动寻求帮助？

见老妇闷不吭声，村干部又问："这房、鸡鸭、菜田等，可是妳一个人完成的？"

蔡招弟点头。

村干部认为眼前的这名妇女肯定有事瞒着，这么能干的人，怎么可能找不到路回家？

蔡招弟后来被送回捕下村，可是她的老公完全没有喜悦之情，反而斩钉截铁地说："这不是蔡招弟。"

村干部没办法，只好又把蔡招弟送回到原来的地方，只是偶尔会去探望一下，送点儿物资给她，尽尽干部的职责。

午夜梦回，蔡招弟偶尔也会怀疑为什么丈夫会认不出自己？还有，村里的寡妇阿婉是什么时候搬进家里的？

怀疑归怀疑，蔡招弟对这个结果倒也安然自若，能摆脱烦人的人际关系，她求之不得。

根据蔡招弟的说法，很久以前她迷路了，但现在一琢磨，好像也不尽然。

（288）

吴仲磊将电动车停妥，一位路人走过来，问他有没有零钱？

"你想换钱？"吴仲磊问。

"不是。我的钱包掉了，回不了家。"

吴仲磊心想坐一趟公交车两块钱，于是拿出钱包寻找铜板。

"我家很远，坐出租车方便些。"那人补上一句。

结果吴仲磊连两块钱也不给。

179

文雄平常的爱好是看"真人秀"，这是比较体面的说法，其实就是看被偷拍的小黄片，但凡新货到，他马上点击进去。

这一天，当他看得热血沸腾时，突然感觉不对劲，这拍的可是他女友？

琢磨再三，他还是拨通女友的电话，问她最近有没有入住酒店？

"上个月出差两天，事情一忙就忘了告诉你，为什么问这个？"

"没事，就是问问。"

挂断电话后，文雄陷入两难，事情若闹开，女友会怎么看自己？但闷不吭声也不对。

思来想去，文雄决定提分手。

"为什么？我们好好的，为何要分手？"他的女友神色紧张地问。

"还问为什么？妳竟然跑去拍小黄片，还好朋友告诉我，否则我还被蒙在鼓里。"

女友要证据，他便给她看。看完后，女友指天发誓这是偷拍的，她完全不知情。

于是文雄陪着女友去报案。

自从在公司年会上遇见会计部的赵小帆，侯君山几乎天天都能"偶遇"她，连休假日也不例外。

"真巧，你也来超市购物。"赵小帆说。

侯君山笑了笑，没说什么。哪知赵小帆悄咪咪地跟过来，他买西瓜，她挑橙子；他买虎头虾，她秤鱼头；他买卫生纸，她拿湿纸巾……然后两人"很有默契"地一起去结账。

"待会儿你怎么回去？"赵小帆问。

"我开车过来的。"

"真好，不像我还得挤公交车。"

再怎么冷血，侯君山也无法看着同事如此狼狈地回家。出于礼貌，他提出载她一程。

这个善举得到很大的反响，在车上，赵小帆不停地夸他，仿佛全世界的光环全在他身上。

"再见，路上小心点儿哦！"下车后的赵小帆边挥手边热情洋溢地说。

"温馨接送情"之后，赵小帆好像更加甩不掉，停车场有她，茶水间有她，食堂里有她，连上个厕所或抽根烟都能遇上她，简直见鬼了！

这一天，赵小帆拿着两张电影票，说是朋友送的，邀请侯君山一起去看首映场。

"我不喜欢看功夫片，还有，我结婚了，妻子在老家，孩子已经两岁多，只是我一直没对外公布。"侯君山撒了个谎。

说也奇怪，从此侯君山再也没碰见赵小帆，哪怕两个部门后来都调到了同一楼层。

一年后，侯君山收到喜帖，会计部的赵
小帆和销售部的白腾浩喜结连理，这两
个部门中间隔着19层楼。

（291）

选举结果公布，安东植成为K国的第29届元首。他高举双手，接受支持者的欢呼和掌声，就在这时，"碰"的一声，子弹击中安东植的印堂，人还没送到医院便断了气，这大概是史上任期最短的总统。

葬礼上，安东植的老婆哭得梨花带雨，让人误以为她的生活从此陷入困境。其实不然，除了"总统遗孀"的称号外，她还能得到每年三亿元的抚恤金。

从推理的角度看，安太太教唆杀人的嫌疑最大，但K国人民完全没往坏里想，即使已经供养了28个未亡人。

安娜远赴北国电视台参加通灵大赛，第一关是猜哪位观众的兜里有一枚鸡蛋。

当来自波兰的参赛者铩羽而归时，紧接着上场的是安娜。她在观众席前走过来又走过去，看过来又看过去，最终锁定三个人，但到底是其中哪一位呢？

她闭眼冥思，再睁眼时，她迅速指向右手边穿黄夹克的男人，说："就是他！"

观众无不发出赞叹声，$1/50$ 的机率也能猜中，可见真有两把刷子。

又经过十几轮的淘汰赛后，最后全球通灵大赛的桂冠落在安娜的头上。

如今的安娜已经开了好几家女巫店，别看卖的都是一些奇奇怪怪的东西，获利空间却很大。噢！对了，如果你想邀请安娜上门服务，请联系伊万诺夫先生，他是前《通灵大赛》的节目制作人，现在则是安娜的专属经纪人。

（293）

由于连续 15 期无人中奖，彩票奖金已经累积到两亿五千万英镑。

得知消息的高中生Benson立马跨上自行车，往镇上飞奔而去。

"Benson，你去哪儿？"Duke高喊着。

"买彩票，还有二十分钟就截止了。"

"帮我买一张，回头我给你钱。"

"好。"

到了彩票店，Benson快速选好自己的幸运号码，Duke的那张则用机选。

晚饭过后，Benson守在电视机前看彩票开奖，当最后一个号码球滚出来时，他终于死心。

"倒霉！连个安慰奖也没有。"Benson唉声叹气，"等等，Duke的那张还没兑呢！"

查看过后，他目瞪口呆，好家伙！机选的竟然中了。

辗转反侧了一整夜，Benson还是决定告诉自己的母亲。

"Duke付彩票钱了吗？"他的母亲问。

"还没。"

"那有什么好烦恼的？既然没付，彩票就是你的，奖金当然也属于你。"

两个小时后，Duke打来电话，问彩票中了没？

"没有。"Benson 答。

"我待会儿给你钱哈！"

"不用了。"

"还是得给。"

"真的不用，你给我也不收。"

正是这个回答，让Duke起了疑心，再听说中头彩的彩票行就在他们所住的区域内，Duke的怀疑更加重了，他决定问个明白。

Benson听完Duke的来意后倒没闪躲，淡定地把他母亲说过的话原原本本地复述一遍。

"当初你答应让我晚点儿付，所以彩票是我的，奖金当然也属于我。" Duke答。

两个人为了此事争得面红耳赤，没多久，双方家庭也加入口水战。

"等等，未成年人可以买彩票吗？" 有人忽然问起。

这个疑问像颗原子弹，瞬间将两个家庭炸平。

就在"煮熟的鸭子飞走了"的感叹声中，有人提到Benson是未成年人，但Duke已满18岁，如果Benson承认这张彩票是帮Duke买的，法律上完全站得住脚。

于是当下Duke给Benson 2.5英镑，并且立字为证（奖金五五分），然后两家人高高兴兴地联系彩票中心……

（294）

丁皓是油画村里的画工，大家都管他叫丁梵高，因为他只复制梵高的作品，一天能画上五、六幅。

油画村里还有张高更、何塞尚、郑米勒……等，光听名字就知道他们主攻谁的画作。说白了，这群人就像工厂里的工人，一人负责一样，久而久之，即使闭着眼睛也能画，不管色彩、神韵还是笔触，都模仿得惟妙惟肖。

然而模仿得再好，终归是仿品，何况他们还是产业链上的最底层，拿的是最低工资，无怪乎油画村里的画工们常感慨为人作嫁。

这一天，有个国外电视台来油画村做采访，丁皓忍不住对着镜头发起牢骚，于是记者临时加入采访路人的桥段，果然路人皆无法判断真伪。这个结果大大激励了丁皓，而更令人振奋的是有位荷兰富豪在看过节目后表示愿意资助丁皓创作，一年二十万欧元，代价是这一年內的所有原创作品全归富豪。

要知道，丁皓复制一幅画只能拿60元，如今一年就能赚进150万元，这差的可不是一星半点，他当然立即答应下来。

没想到一年后，丁皓又重回油画村。当别人问起他的"创作之路"时，他总三缄其口。

有好事者转问丁皓的老婆，想从她的嘴里挖出真相。

"我也不清楚，以前他拿起笔就能画，可是过去一年里，他总是面对画布发呆。"丁太太答。

（295）

日本是老年化国家，"孤独死"已经成为一种社会现象，于是新型行业（老年公寓清洁队）应运而生，"打包带走"的除了屋内杂物外，还包括屋主本人。

由于工作内容的特殊性，公司营利的方式也有别于一般，除了政府补贴外，还向死者家属收费。万一联系不上家属或家属不愿付费，那就拍卖死者的财产来抵支出，所以当公司发现麻生一雄竟然"顺手牵羊"时，怒不可遏，因为这属于职务侵占，比普通盗窃罪来得严重许多。

鉴于麻生一雄是聋哑人士，警方特别请手语老师协助办案。

"他说录像带已经全数销毁，如果侵犯到公司利益，他愿意赔偿。"手语老师说。

警察要手语老师转告，销毁录像带不止侵占公司财物，还侵犯到死者的权利。

一番比手划脚后，手语老师又翻译："麻生先生小时候曾被死者拍下不雅录像，这成了他挥之不去的梦魇，简直生不如死。"

此话一出，在场者皆沉默下来。

考虑到录像带本身是淫秽物品，加上麻生一雄是受害者，警察告诫几句便放行，不立案，而公司经理在请示过后也表示不追究。

回到出租屋，麻生一雄把藏在床底下的纸箱拉出来，里面全是迪士尼出品的卡通录像带，上面有华特·迪士尼的签名。收藏家认为这些录像带极其珍贵，目前的交易市场已是奇货可居的状态……

（296）

自从老伴去世后，梁老先生的孤独感与日俱增，想找个人作伴的念头也就更加强烈。

别误会，梁老先生没有续弦的想法（他老了，没精力处理因二婚所带来的种种问题），而是打算将空置的房间出租出去，让家里多些人气。

由于租金便宜，梁老先生着实接到许多询问电话，当得知每天得陪屋主聊天30分钟以上时，吓退了不少人，不过还是有对情侣接受了这个奇怪的规定，签完合同后，立马搬了进去。

这对情侣除了第一天很"平静"地完成任务外，接下来的每一天皆"不平静"，原因在于他俩没有一天不吵架，同一个屋檐下的梁老先生成了调解人（显然双方对"聊天"的定义有所不同）。

忍耐了一段时间后，梁老先生还是下了逐客令。由于提前解约，赔了一些钱才送走瘟神。

日子看似又回到原点，其实不然，现在梁老先生变聪明了，听！门铃又响了……

"你的外卖送到。"外卖员说。

"我没叫外卖。"梁老先生答。

"没叫外卖？难道送错了？"外卖员查看地址，"没错呀！是**1208**。"

"噢！想起来了，我的确叫过外卖。不好意思，人老了，脑筋不好使。"

外卖员没说什么，把外卖交给梁老先生，可是他却不接，反而问："有没有附餐具？"

外卖员又查看了一下，然后给予否定的答案。

"那可不成，家里连双筷子也没有。"

"这不是我的问题，你自己联系商家。"

"我的手机没电了，你帮我联系。"

"老先生，我赶着送餐哪！"

"就一会儿工夫，好人有好报。"

……

就在大门一开一关中，梁老先生的日子过得挺热闹的，除了每月的伙食费多了点儿外，没啥毛病。

如果不是午休时间听到同事讨论他老婆的身材，回家后又看到杏枝抱着一包薯片咔滋咔滋地咬，昭越不会怒火中烧，并且一发不可收拾。

"我不吃就是了，你消消气。"说完，杏枝站起身来，衣服上的饼屑随之掉落，像下了一场小雨。

"每次都说不吃，结果吃的比谁都多，也不看看自己的身材，妳不嫌丢人，我他妈的丢脸死了！"

"你……你怎能这么说话？"

"我难道说错了？妳身上的肉切一切，足够喂饱整个非洲国家的饥民。还有，

猪八戒与妳相比都成了瘦子，也不想想
……"

没料到逞一时口舌之快，换来的是妻子
的不告而别，这一走就是五年，直到……

"妳……妳是杏枝？"昭越不敢相信地问
。

"是的，我来是为了跟你办理离婚。"

昭越原本还心存幻想，以为杏枝会偷偷
躲起来减肥，没想到肥没减成，反而比
以前更胖，但现在昭越管不了那么多了
，没有杏枝，他像失根的浮萍。

"对不起，以前我太幼稚了，说了很多
伤害妳的话。回来吧！我发誓会好好待
妳，不再理会别人的闲言碎语。"昭越
掏心掏肺地说。

杏枝果然还是那个最善良、最温柔、最
懂得体贴人的女人，她给了丈夫第二次
机会。

这一天，昭越带着两百斤重的老婆上街
，与以往相比，人们似乎对他更感兴趣
。

"看！那个男人竟然戴着红色小丑鼻。"
路人纷纷交头接耳。

别人看到的是怪叔叔所做的怪异行径，
而杏枝看到的却是一个男人的悔悟与深
情。

（298）

刚找到工作那会儿，小美心想自己肯定不能再像学生时代一样经常陪伴家里的二哈，所以买了一个玩具球给它，当她不在家时，二哈至少有个玩具可玩，可是没多久却发生一件不可思议的事—玩具球竟然不翼而飞。

小美把家翻个底朝天，依然找不到，看二哈伤心地发出"呜呜呜……"的声音，小美只好上网又买了一个新的给它。然而新球到家没几天又不见了，她只好重购，如此反复，小美索性买上一大箱，就等着失窃事件再度发生。

周末，当小美正睡懒觉时，二哈在她床边来回走动，时不时发出"呜呜呜……"的声音。

"是不是球又不见了？"小美睁开惺忪的睡眼，"怎么老不见？"

此时楼下传来一阵咆哮："哪个杀千刀的？我家不需要玩具球，再扔我就打断你的狗腿！"

小美的睡神瞬间跑得无影无踪。

（299）

从小到大，很多事都已遗忘，但有件事黄义华却始终记得，那就是"人老的时候会像个孩子一样"。

最初的记忆是爷爷在客厅里撒尿，他问母亲为什么？

"爷爷老了，人老的时候会像个孩子一样。"母亲答。

对照自己的表弟，蹒跚学步的他的确会乱撒尿，黄义华很快就接受这个答案。

后来，母亲时不时还提起七大爷八大妈的种种退化行为，最后皆归于岁数大，所以"人老的时候会像个孩子一样"便牢牢烙在黄义华的脑海里。

这一天，在外打工的黄义华趁着黄金周回一趟老家。一进门，有人从门后跳出来。

"哇！"母亲张牙舞爪的，随即噗嗤一笑，"吓到了没？"

好半天，黄义华才回过神来。

"没有。"他弱弱地答，然后走进厨房，把买来的东西一一放入冰箱。

母亲跟了过来，问他买了什么？

"百香果和西梅，妳不挺喜欢吃的？"黄义华答。

两人后来在客厅坐下，交谈一会儿后，母亲才想起来要给儿子端杯喝的。一打开冰箱，她惊奇地喊道："冰箱里怎么会有百香果和西梅？太奇怪了！我不记得买过。"

母亲的"老小孩"表现及健忘症状让黄义华感慨万千，假期结束后，他毫不犹豫便向公司递交辞职信。

一听说儿子要回老家发展，黄妈妈喜不自胜，把家里打扫得一尘不染，又买了张新床垫（原来的太软了，怕儿子睡久了不舒服）。

床垫送到后，送货员要求她支付60元的上楼费，因为她家是楼梯房，得额外付费。

"10月15日下午3点多，我曾跟商家谈过，商家说包运费的意思是送到一楼，送上去要多收费，一层多加5元，如果是楼梯房加倍。我家在六楼，5*（6-1）=25，加倍便是50，不是你说的60，别以为我人老了好糊弄！"黄妈妈答。

（３００）

崔喜的男友布莱恩是个老美，两人正处于蜜月期，恨不得天天腻在一起，但最近摊上了一件麻烦事，每晚九点总有个电灯泡不请自来。

"科林为什么每天晚上都来找你？"崔喜问男友。

"他的二房东把房间便宜租给他，条件是日常生活得以美语交谈，同时纠正发音和语法。科林为了避开'教学'，所以待在我这里，直至二房东上床睡觉为止。"

崔喜一想，科林是避开了教学，却影响到她和男友，这哪成？

思来想去，崔喜决定"自救"。

隔天，当科林又上门时，崔喜问他能不能帮着校对她的英文论文？

"妳怎么不让布莱恩挑错？"

"也对，我让他挑错。"

当崔喜和男友忙着正经事时，科林在屋内坐立难安，既找不到说话的人，看电视和打游戏还得将音量调到最低，多没趣！

没想到接下来的几天，天天如此。

科林忍不住问崔喜："妳的论文到底写了多少字？怎么还没校对完？"

崔喜告诉他，她的论文早交了，现在忙的是别人的论文，一份三千元，对收入不丰的布莱恩来说，不无小补。

终于，科林不再上门，让小俩口松了一口气。

谁能想到几周后的某个夜里，久未闻的敲门声又响起，布莱恩走过去开门。

"科林天天上我家，我借你家躲一躲哈！"亚当说。

作者介绍

在异国的背景下加入缠绵悱恻的爱情故事是B杜小说的一大特点，她的文笔清新、笔触诙谐、画面感很强，读完小说有种看完一部爱情偶像剧的感觉，特别适合怀春少女及对爱情有憧憬的女性阅读。

另外，B杜还创作了系列小说（马力历险记、极短篇故事集、巫觋咖啡馆等），欢迎关注。

ALSO BY B杜

《B杜極短篇故事集 (201～300)》 （繁體字版） A Word to the Wise (Tales 201～300 in traditional Chinese characters)

* * *

《东瀛之爱》 Love in Japan

《法兰西情人》 Love in France

《英伦玫瑰》 Love in England

《爱在暹罗》 Love in Thailand

《情定布拉格》 Love in Prague

《狮城情缘》Love in Singapore

《爱上比佛利》Love in Beverly Hills

《新西兰之恋》Love in New Zealand

《梦回枫叶国》Love in Canada

《早安，欧巴》Love in Korea

《迪拜公主的秘密情人》 Love in Dubai

《我在苏黎世等风也等你》Love in Switzerland

《巫觋咖啡馆之梧桐路篇》The Witch & Warlock Café on Wutong Road

《马力历险记1之地球轴心》The Adventures of Ma Li (1) : The Time Axis

《马力历险记2之黄金国》 The Adventures of Ma Li (2) : Eldorado

《马力历险记3之可可岛宝藏》 The Adventures of Ma Li (3) : The Treasure of Cocos Island

《B杜极短篇故事集 (1 ~ 100)》 A Word to the Wise (Tales 1～100)

《B杜极短篇故事集 (101 ~ 200)》 A Word to the Wise (Tales 101～200)

《B杜极短篇故事集 (301～400)》 A Word to the Wise (Tales 301～400)